망해버린 이번 생을 애도하며

망해버린
이번 생을
애도하며

정지혜 장편소설

MONGSIL
BOOKS

차례

그녀를 만나기만 하면 돼요.

우린 틀림없이 사랑에 빠질 겁니다.

첫눈에.

단숨에.

누가 먼저랄 것도 없이.

그거면 돼요.

내가 원하는 건

이 모습 그대로 그녀를 만나는 거예요.

그녀가 사랑에 빠진 건

늙어버린 내가 아니라

지금의 나니까.

1.

"멍청하긴."

규선은 B-17903이 마지막으로 남긴 말을 읽으며 실소를 터트렸다. B-17903의 해동이 세 시간 앞으로 다가왔다. 규선이 할 일은 B-17903을 무사히 해동시키는 것.

"무슨 일이에요?"

나경이 의자 바퀴를 발로 밀며 옆으로 다가왔다.

"이거 읽어봤어요?"

규선은 나경에게 파일을 건넸다.

"B-17903. 오늘 해동할 환자네요. 이게 왜?"

"읽어봐요. 황당할 테니까."

파일을 대충 훑어보던 나경은 B-17903의 냉동 사유와 해동 시기가 기록된 페이지에서 행동을 멈추었다.

"나 이 얘기 들어본 적 있어요! 진짜일까 궁금했는데 진짜였다니!"

"들어본 적이 있다고요?"

"그럼요."

"어떻게?"

"지금껏 몰랐다는 게 더 신기한데요? 사례가 워낙 독특하잖아요. 꿈에서 만난 사람을 만나기 위해 냉동되기를 자처했다니. 그런 사례는 전에도 없었고 앞으로도 없을걸요? B-17903을 제외하면."

"다들 알고 있단 말이에요?"

"아마도?"

"개인 파일 열람은 금지되어 있는데 어떻게 안다는 거죠? 개인정보는 열람도, 발설도 할 수 없잖아요."

규선이 의아한 얼굴로 묻자 나경이 입술을 만지작거리며 망설이다. 어렵게 입을 뗐다.

"소문 같은 거랄까. 음. 그냥 돌고 도는 이야기 같은 거? 왜, 있잖아요. 그런 거. 특별한 이야기들은 비밀인 듯 아닌 듯 전달되곤 하잖아요."

"하지만 규정이…."

"너무 까다롭게 굴지 말아요. 그러니까 팀장님이, 아."

나경은 무슨 말인가 하려다 말고 입술을 오므리고 딴 곳을 쳐다보았다. 규선은 나경이 하려다가 만 말이 무엇인지 알 것 같았다.

'회사에 친한 사람 하나 없는 거잖아요….'

고개를 끄덕이는 규선의 얼굴이 씁쓸해 보였다.

"아니, 내 말은, 그렇지 않았다면 세상에 전해져 내려오는 모든 이야기들이 사라졌을 테니까. 규정은 그렇지만 우리끼리잖아요. 예전부터 돌고 돈 소문을 우리가 무슨 수로 막을 수 있겠어요. 따지고 보면 팀장님도 규정 위반을 한 거예요. 방금 나한테 B-17903의 파일 보여줬잖아요."

"우린 한 팀이니까."

나경은 규선의 눈치를 살피며 황급히 자리에서 일어섰다.

"그건 그렇고 이거 진짜 대박인데요. 그 얘기가 사실이었다니. 그 사람이 깨어난다는 거 아니에요. 바로 오늘!"

어서 이 소식을 만천하에 알리고 싶어 죽겠다는 듯 입술을 씰룩이던 나경이 스리슬쩍 사무실을 빠져나갔다. 나경의 다급한 발자국 소리가 B-17903의 사연이 얼마나 특별한지 다시금 깨닫게 했다.

규선은 눈썹을 긁적이며 의자에 몸을 뉘었다. 가은과 결혼을 앞두고 있다는 것 말고는 무료한 생활이 연속되고 있었다. 사실 가은과의 결혼조차 규선에겐 그다지 새로운 일이 아니었다. 가은과의 연애는 8년째 지속되고 있었다. 한 사람을 오래 만나고 한 가지 일을 계속하는 것. 규선은 그런 사람이었다. 좋든 싫든 하나만을 끝까지 물고 늘어졌다. 단조로운 건 지루했지만 아무것과도 맞바꿀 수 없는 편안함을 가져다주었다. 규선에게 중요한 건 평소와 다를 것 없는 하루였다. 변화는 달갑지 않았다. 죽는 날까지 지금과 같을 수 있다면.

B-17903의 파일은 규선에게 신선한 환기였다. 얼른 그를 깨워 세상 속에 내던지고 싶었다. 자신의 인생은 같은 자리만 맴도는 것을 선호하지만 어디로 튈지 모르는 타인의 인생을 지켜보는 것은 흥미로웠다. 남의 인생이니까. B-17903이 예견한 일들이 정말로 벌어질지 확인하고 싶었다. 그럴 리 없다는 걸 알면서도 기분이 들떴다. 벽에 걸린 시계를 올려다보았다. 세 시간 뒤, 그를 깨우러 가야 한다. 꿈에서 만난 여자와 다시 사랑에 빠지기 위해 오십 년간 신체의 시간을 멈췄던 그를.

2.

"안녕하세요."

인사를 먼저 건넨 건 B-17903이었다. 그는 냉동 장치 속에 오랫동안 갇혀 있었던 사람 같지 않게 금세 정신을 차렸다. 주위를 두리번거리더니 이내 모든 게 기억났다는 듯 눈을 깜빡였다.

"아직 일어나시면 안 됩니다. 몸에 무리가 올 수 있어요."

B-17903은 오로지 이날만을 기다렸다는 듯 서둘러 몸을 일으키려 했다.

"몇 가지 검사를 시행해야 합니다. 환자분 같은 경우는 생전에, 아니, 냉동되기 전이죠. 비교적 건강했었고 검진 결과도 모두 정상이었기 때문에 다른 분들보다 퇴원이 빠를 것으로 예상됩니다."

B-17903은 반듯하게 누운 채 규선의 얼굴을 유심히 바라보았다.

"몇 살이에요?"

"네?"

"몇 살이냐고요."

"저요?"

"네."

B-17903은 규선이 이제껏 봐왔던 환자들과 확연히 달랐다. 오래 묵힌 젓갈처럼 축 늘어지지 않았다. 되레 이 건물 안의 어느 누구보다 활기찼다. 사랑의 힘인 걸까. 사람들은 다양한 이유로 신체를 냉동시킨다. 표면적으로 내세우기 가장 좋은 이유는 삶의 연장이다. 불치의 병으로 꺼져가는 삶을 지켜봐야만 하는 대신에 언젠가 개발될 치료법을 기대하며 삶을 중단시켰다. 애석하게도 의료기술은 다른 기술에 반해 발전 속도가 더뎠다. 인간의 능력이 신의 영역에 다다를 수 있는 날이 오기나 할까. 영생을 꿈꾸며 잠이 든 사람의 숫자도 꽤 많았다.

"난 몇 살인 거예요?"

B-17903이 재미난 듯 큭큭 웃었다. 이름 김기한. 나이 이십칠 세. 파일에 기록된 정보를 알려주면 될까. 그가 정상

적으로 삶을 살아냈더라면 올해로 칠십칠 세가 되었겠지. 규선의 아버지보다 훨씬 나이가 많은 남자의 얼굴이 규선보다 앳되었다.

"컨디션이 좋아 보이는군요."

규선은 B-17903의 쾌활함이 불쾌했다. 다른 냉동 인간들에게선 느낄 수 없던 밝음이었다. 모두가 희망을 안고 긴 잠에 빠지지만, 희망이 밝음과 곧장 직결되는 것은 아니다. 희망은 어두운 곳에서 몸집을 불리고 불안과 공존해야만 존재가 가능하다. B-17903에게서는 불안을 좀체 찾을 수가 없었고 B-17903과 희망을 결부시키기가 어려웠다. 냉동 인간들에게 호의를 갖기란 참으로 어려운 일이다. 그 사람들 덕에 다달이 적지 않은 월급을 받고 있다고 해도 말이다. 인간을 냉동시키는 것을 주요 사업으로 하는 회사에 몸담고 있지만 냉동되는 인간들에 대한 편견은 시간이 지나도 지워지지 않았다. 신체를 냉동하겠다고 찾아오는 인간들이 하나같이 덜떨어진 패배자로 보였다. 삶에 대한 집착이 추잡해 보였다. 더 살아서 뭐 하려고. 굳이. 왜.

영생하겠다고 찾아온 인간들이 제일 한심했다. 인간 따위가 영생이라니. 영생을 바라며 몸을 얼려버린 이들은 영영 깨어날 수 없을 테다. 인간에게 죽음이 사라지는 날은 영원히 오지 않을 테니 결론적으론 죽음만 앞당긴 꼴이다.

"머리카락이 많이 길었나요? 수염은요? 피부가 많이 상하진 않았나요? 곧 그녀를 만나야 하는데."

"죽어있었던 것과 다름없습니다. 아무것도 자라지 않았어요. 신체기능이 다 중지된 상태였으니까요. 손톱도 발톱도 그대로입니다."

"정말요? 신기하네요. 사실 깨어날 수 있을까 반신반의했거든요. 무서웠어요. 냉동된 채로 죽어버리는 게 아닐까. 하지만 그녀가 없는 세상은 죽은 것과 다름없으니까. 그녀를 만날 수 없다면, 그녀와 사랑을 할 수 없다면, 살아도 죽은 거나 마찬가지니까요."

오십 년 동안 묵혀 놓은 말들을 한꺼번에 쏟아 내기라도 하듯 B-17903은 입술을 부지런히 움직였다. 치료법이 개발된 게 확실하냐고 아니면 어쩔 거냐고 따지고 들기부터 하는 인간들보다야 나았지만, 그마저도 규선의 눈에는 한심해 보이긴 마찬가지였다. 먼 미래에 더 나은 삶을 보장받는다고 할지라도 규선은 영하 200도에 가까운 공간에 갇히고 싶지 않았다.

"세상은 좀 바뀌었나요?"

B-17903은 침대뿐인 빈방을 두리번거렸다.

"어떤 식으로 말입니까?"

"이를테면 내가 살던 세상에선 상상도 못 했던 일들 같은 것."

"글쎄요. 제가 오십 년 전의 세상을 본 적이 없어서."

오십 년 만에 깨어나는 날인데도 찾아오는 이가 하나 없다. 그것이 무엇을 의미하는지는 B-17903도 잘 알고 있을 텐데 그의 얼굴에 슬픈 기색은 조금도 찾아볼 수가 없었다. 들뜬 마음을 숨기지 못해 안달일 뿐.

"어서 그녀를 만나고 싶어요. 이제 난 무얼 하면 되나요?"

B-17903의 눈동자가 반짝였다. 오십 년 동안 죽은 것과 다름없는 상태였던 사람이라고는 생각할 수 없었다.

"적응훈련을 해야 합니다. 오십 년이 지났으니까요."

"하루빨리 시작하고 싶네요."

그는 오십 년 전에 재활과 적응훈련에 대한 비용까지 모두 완납한 상태였다. 해동 후 관리를 위한 다양한 프로그램이 있고 B-17903은 그중 가장 비싸고 좋은 것으로 선택했다. 비용은 그의 어머니가 지불한 것으로 기록되어 있다. 관리는 선택이지 필수는 아니다. 냉동 인간이 되는 것만으로도 상당한 금액이 필요하기 때문에 해동 후 관리를 포기하는 사람도 많았다.

"기다리세요. 오십 년 동안 기다리기만 했던 것처럼 또 기다리세요."

규선은 침대에 누워 자신을 올려다보고 있는 B-17903에
게 슬쩍 조롱의 시선을 던졌다.

3.

"뭐 재미난 일 없어요?"

가은이 젓가락을 내려놓으며 물었다.

"어떤?"

"그냥. 회사에서나, 뭐 아무 일이라도…."

잠시 B-17903의 얼굴이 떠올랐으나 그 얘길 회사 밖에서 떠들 순 없었다. 규정이 그랬다.

"별로."

정적이 흘렀다. 규선의 젓가락이 천천히 그릇에 부딪치는 소리만 가끔씩 들려왔다. 지루한 일상에 대해 생각했다. 반복적인 일상을 지키기 위해 규선이 해온 노력들이 있다. 아무리 피곤해도 가은과의 만남을 미루지 않는 것 또한 그중 하나였다.

"오늘 사진 촬영용 드레스랑 본식 때 입을 드레스를 다 골랐어요."

"미안해요. 그런 날 내가 있었어야 했는데. 오늘 낮엔 도무지 시간을 빼기 어려웠어요."

"괜찮아요. 친구가 같이 가줬거든요."

가은의 표정이 전혀 괜찮아 보이지 않았다. 시간을 내자면 낼 수도 있었다. 가은이 무리하지 말라고 말해서 무리하지 않았을 뿐이다. 결혼 준비는 전적으로 신부의 뜻에 따르라는 주변의 조언에 따라 규선은 그 어느 것에도 참견하지 않았다.

어디가 잘못된 것일까. 가은의 투정에 규선은 머리가 우지끈 아파왔다. 규선은 요 며칠 회사에서 지나친 주목을 받았고 그 때문에 스트레스가 극에 달하고 있었다. 결혼은 석 달 후에 벌어질 일이었다. 아직 회사에다 결혼 애길 하지 않았는데 며칠 전부터 사람들이 결혼축하를 해왔다. 결혼에 관한 시시껄렁한 애기를 던지는 사람들도 있었다. 농담이라는 걸 잘 알고 있지만 별로 친하지도 않은 사람들의 농담은 그저 기분을 나쁘게만 했다. 결혼 소식을 퍼트린 건 분명 B-17903일 테다.

B-17903은 하루가 멀다고 찾아와 티타임을 요청했다.

명확히 선을 긋지 않은 규선의 잘못이었다. 일상으로 돌아
간 B-17903의 생활이 궁금하긴 했으니까. 어디서 어떻게
무얼 하며 사는지. 그보다 그 여자를 만나긴 한 건지. 꿈속
에서 만난 여자가 정말로 존재한 건지.

B-17903의 생활은 규선보다 더 무료해 보였다. 그는 부
모님이 남겨준 집에서 홀로 생활하고 있었다. 직업이랄 것
을 가질 수가 없는 처지였다. 너무 오래 냉동되어 있었고
이렇다 할 경력도 없었다. 대학 졸업은 오십 년간의 휴학으
로 물 건너갔고 거기서 배운 건 써먹을 데도 없었다. 적응
훈련의 하나인 직업훈련을 받았지만, 그의 머릿속엔 오직
'그녀'뿐이었으므로 수료는 할 수 있었지만, 취업으로 연결
되지는 못했다. 텔레비전을 봐도 재미가 없었다. 알아들을
순 있었지만 이해가 되지 않았다. 사람들이 웃는데 왜 웃는
지 몰랐다. B-17903은 규선의 회사로 매일 출근하다시피
했다. 재활 및 적응훈련이 없는 날에도 찾아왔다. B-17903
에겐 텔레비전보다 규선의 회사에서 앉아있는 것이 더 재미
있었다.

B-17903은 규선의 생활에 대해 꼬치꼬치 캐물었다. 몇
시에 일어나는지 퇴근하고는 무얼 하는지 어떤 음식을 좋아
하고 회사생활은 어떠한지. 규선에게 대답할 의무는 없었다.
바쁘다고 말하며 자리를 피해도 되었지만, 계약종료일까지

는 회사의 소중한 고객이기 때문에 함부로 내칠 수가 없었
다. 게다가 B-17903에겐 거부할 수 없는 무언가가 있었다.
끈덕지게 달라붙는데 매몰차게 대할 수도 없는. 어쩌다 보
니 사생활적인 부분 몇 개를 털어놓게 되었다. 그중 하나가
결혼에 관한 것이었다. 회사 사람들은 규선의 결혼소식에
다소 충격을 받은 듯했다. 사회성이라고는 눈곱만큼도 없는
규선에게 오래 만난 사람이 있고 곧 결혼할 예정이라니. 사
람들의 반응에 B-17903은 규선의 사생활에 대해 더 신나
게 떠들어댔을 것이다.

"결혼 준비 말이에요. 정말로 내 멋대로 해도 좋아요?"
음식이 한참 남았는데도 가은은 내려놓은 젓가락을 들 생
각이 없어 보였다. 내심 결혼을 혼자 준비하게 만든 게 미
안하기도 하고 찜찜하기도 해서 가은이 특별히 좋아하는 식
당으로 약속을 잡은 건데 마음이 풀리지가 않는가 보다.
"결혼식은 신부에게 다 맞춰주는 게 좋다고 주변에서 조
언들을 해서."
규선도 젓가락을 내려놓았다.
"알아요. 다 날 위해서 그런다는 거. 그렇지만 이건 우리
둘의 결혼이잖아요?"
그래서 뭘 어쩌라는 걸까. 훈수를 두는 것도 안 되고 전

22

적으로 맡기는 것도 싫으면. 괜한 감정싸움은 피하고 싶었다. 먼저 결혼한 친구는 반쯤 술에 취해서 그가 겪었던 일련의 과정들을 상세히 나열해 주었다. 규선은 술 한 방울 입에 대지 않은 온전한 정신으로 친구의 이야길 진지하게 듣고 기억했다. 그저 여자가 원하는 대로 할 것. 참견하지 말 것. 고개만 끄덕일 것. 그게 규선이 해야 할 유일한 일이라고 했다. 맨정신이 아닌 사람의 말은 듣는 게 아니었나.

"내가 같이해 주길 원해요?"

규선은 머리를 긁적였다. 잘못된 길에 들어섰을 땐 뒤를 돌아 나오면 된다. 오류 없이 진행 중인 줄 알았는데 착각이었나 보다. 결혼식 준비에는 정해진 매뉴얼이 있다고 했다. 매뉴얼대로 잘 진행될 수 있도록 도와줄 플래너도 이미 구해 놓은 상황이었다. 규선은 허수아비처럼 앉아 고개를 끄덕이는 것 말고는 할 일도 없었기에 굳이 함께하지 않아도 될 거라 생각했는데. 연애도 처음이었고 결혼도 처음이다. 규선이 평생 고수한 삶의 패턴이다. 가은과 이혼할 일은 없을 것이다. 문제가 생기면 해결할 것이고 가은이 싫어져도 평생 함께할 작정이니까.

"그게 아니라 너무 무심한 거 같아서."

"미안해요."

가은은 규선이 미안하다는 말을 아끼지 않아서 좋다고 했다. 가은도 알 테다. 규선이 습관처럼 미안하다고 말하는 것을. 하지만 가은은 미안하다는 말도 사랑한다는 말처럼 자주 꺼내어 쓰지 않으면 영영 말할 수 없게 되어버린다는 걸 아는 사람이었다.

"별거 아닌 줄 알았는데 하다 보니 벅차서. 신경 쓰지 말아요. 나한테 다 맞춰주는 거 고마워하고 있으니까."

"계속 이런 식이어도 괜찮겠어요? 난 아무래도 괜찮으니까. 가은 씨 원하는 대로 해요."

"괜찮아요. 일부러 시간 맞추는 것도 번거롭고. 필요하면 말할게요. 자기 일처럼 도와주는 친구도 있고."

"은지 씨 말하는 거죠? 내가 밥 한 번 살게요. 아주 맛있는 걸로."

가은이 다시 젓가락을 들었다. 규선은 가슴을 쓸어내렸다. 가은은 정말로 좋은 사람이었다. 투정을 과하게 부리지 않았다. 미안하다고 말하면 고맙다는 말을 돌려주는 사람이었다.

"그래 주면 정말 고맙고요."

결혼 준비란 신체를 냉동시키는 것과 비슷한 면이 있었다. 냉동 인간이 되는 것에도 정해진 매뉴얼이 있다. 계약을 하고 비용을 지불하는 것으로 모든 준비는 시작된다. 그 후엔 사소한 것들을 선택하고 짜인 순서대로 실행에 옮기면 된다. 마음의 준비, 냉동, 해동, 문제해결이 기본 매뉴얼이라면 재활과 갖가지 적응훈련은 옵션. 옵션에는 당연히 만만찮은 추가 비용 지급이 필요하다. 웨딩플래너가 제시한 것들도 이와 유사했기에 결혼도 그 비슷한 것이라고 생각했는데 가은은 그게 다가 아니라고 말했다. 온갖 자질구레한 것들이 보이지 않는 곳에 널려 있단다. 간소하게 한다고 했는데도 그런 모양이다. 부모님이 모두 돌아가신 가은이 도와주는 사람 없이 혼자서 감당하느라 더 그런지도 모르겠다.

"은지 씨한테 시간 좀 내달라고 부탁해 봐요. 그날만은 내가 어떻게든 시간을 비울 테니까."

가은이 웃었다. 문제가 해결되었다는 뜻일 테다. 평화로운 식사 시간으로 돌아왔다. 물을 한 모금 마시자 잠시 잊고 있던 B-17903의 얼굴이 떠올랐다. 그 얼굴이 틈만 나면 떠오른다. 대체 왜 그런지 잘 모르겠다. 기어코 B-17903의 사랑 타령을 끝까지 들을 작정인가 보다. 규선은 B-17903이 무얼 하고 있을까 생각하며 밥알을 씹어 삼켰다. 가은이 조잘거리는 말들이 귀에 잘 들어오지 않았다.

4.

대망의 날이 찾아왔다. B-17903은 오전에 참가하기로 했던 현실 적응훈련에 불참했다. B-17903을 내심 기다려 왔던 터라 느지막한 시각에 B-17903이 사무실 문을 두드리며 나타나자 규선은 냅다 손부터 흔들어 보였다. B-17903의 얼굴이 어두웠다. 마침내 B-17903에게도 불안이 찾아온 것일까. 불안은 막연한 희망을 붙들게 하고 희망의 실현 가능성이 희박함을 깨달을 때 다시금 불안해지는 악순환의 고리에 들어서게 한다. 규선은 불안이 지독히도 싫었고 반복되는 일상의 지루함에서 편안함을 느꼈다.

"오늘은 안 오실 줄 알았습니다."

"큰일 났어요."

B-17903은 망연자실한 표정으로 고개를 저었다.

"무슨?"

"아직 아무것도 구하지 못했어요."

그럴 줄 알았다고, 규선은 생각했다. 그 시각 그 자리에 나가봤자 그 여자를 만날 수 없을 거라고도. 내내 낙관적이기만 했던 사람이 며칠 사이 볼이 폭 팰 정도로 야위었다. 몇 주씩이나 규선의 머릿속을 지배한 남자의 최후가 비참하길 바라는 건 또 무슨 심보인지 모르겠다. 규선은 B-17903이 고까웠고 그가 발을 동동 구르는 모습을 보자 내심 통쾌했다.

"지금 입고 있는 옷도 괜찮은데요."

규선은 마음에도 없는 말로 위로를 건넸다. 점점 결말이 뻔해지고 있다. 설마 하던 일은 결국 일어나지 않을 것이다. 곧 B-17903의 이야기가 흥미롭지 않게 될 거다. 그가 입어야만 하는 옷을 찾아내지 못한 것처럼 꿈속의 여자도 만나지 못할 테니까. 그건 한낱 꿈에 불과하니까.

"아니요. 꿈속에서 봤던 차림 그대로 나가야만 해요. 그렇지 않으면 그녀가 날 알아보지 못할 거라고요."

"한쪽만 알아봐도 충분치 않아요? 틀림없이 사랑에 빠질 거라면서요. 그렇게 위대한 사랑이 그깟 옷 때문에 잘못될 리가."

규선이 비아냥거리고 있다는 걸 눈치챌만한데도 B-17903

3은 옷 걱정에 상황 파악을 제대로 하기가 어려운 모양이었
다.

"나 혼자서도 충분히 그녀를 발견할 수는 있지요. 그렇지
만 사랑에 빠지는 건 두 사람의 일이잖아요. 꿈속에서 봤던
내 모습 그대로 나가야만 해요. 그러기 위해서 오십 년 동
안 늙어가는 걸 멈춘 거니까요."

오늘 오후 7시 45분이라고 했다. 그 순간을 위해 오십 년
을 기다려왔다. B-17903은 깨어난 직후부터 태평하기만
했다. 모든 일이 순조롭게 흘러갈 거라고 장담했고 실제로
도 그러했다. 돌아갈 집이 있었고 그의 부모가 남겨둔 돈도
있었다. 더 복잡한 일은 사랑에 빠지고 난 뒤로 미루어두었
다. 그건 B-17903에게 그다지 중요한 일이 아니었다.

"인생이란 게 그렇죠. 예측할 수 없잖아요."

"그녀가 나에게 반하지 않는다면 그건 전부 내 옷 때문일
거예요. 믿을 수 없어요. 고작 옷 하나 때문에 일을 그르치
게 된다니."

옷장을 아무리 뒤져도 꿈속에서 자신이 입고 있던 옷을
발견할 수 없었다. 쇼핑몰과 상점을 되는대로 다 돌아다녔
지만 비슷한 옷만 있을 뿐 완벽히 같은 옷은 보이지 않았
다. B-17903은 그녀를 만나지 못하게 될 경우에 대해선
전혀 고려하지 않는 듯했다. 내일 이 시간에 그가 어떤 얼

굴을 하고 앉아있을지 상상이 갔다.

규선은 수많은 사람들이 입사하고 싶어 안달인 회사에 다니고 있다. 그가 하는 일은 촉망받는 직군에 속해있으며 연봉도 꽤 높다. 하지만 이 일에 얼마만큼 만족하며 살고 있는지에 관해선 확답할 수 없다. 규선은 냉동되겠다고 찾아오는 인간들을 경멸한다. 도대체 뭣 때문에 그렇게까지 살고 싶은 건지 이해가 가지 않았다. 그렇다고 그들의 선택이 불행으로 이어지길 바라는 건 아니다. 그런데 왜 이만큼이나 B-17903의 인생에 참견하고 싶은 건지 그 이유를 잘 모르겠다. B-17903의 선택이 어리석었다는 걸 증명 해내고 싶은 걸까. B-17903의 수고가 헛되었다는 걸 알려주고 싶은 걸까. 규선은 B-17903의 존재 자체가 거슬렸다. 그가 인생을 망치는 꼴을 기꺼이 지켜봐주고 싶었다.

"나랑 같이 쇼핑 갈래요?"
규선은 저도 모르게 피식 웃고 말았다.
"고마워요. 같이 가주실 줄 알았어요."
누가 봐도 비웃는 얼굴이었을 텐데 B-17903은 긍정의 답으로 오해했다. 벽에 걸린 시계를 올려다보았다. 퇴근 시간이 임박했다. 퇴근 후엔 결혼식 때 입을 옷을 피팅하러 가기로 되어있었다. 잠깐이면 된다고 했다. 이미 가은이 좋아하는 스타일로 몇 벌 골라둔 터라 규선은 사이즈만 확인하면 되었다.

"그러죠. 어차피 7시 45분엔 그분을 만나러 가야 하니까 오래 걸리진 않겠네요. 오래는 못 있어 줘요. 나도 약속이 있거든요."

"분명 어딘가 그 옷이 있을 거예요."

희망은 사람을 우습게 만든다. 조금 더 살아보겠다고 이 건물에 꽁꽁 얼린 채로 처박혀있는 사람들이나 뭐 하나 들어맞는 것도 없으면서 미련을 못 버리고 있는 B-17903이나 하나같이 어리석고 멍청하다.

5.

　잠깐이면 된다던 피팅은 두 시간이 넘게 걸렸다. 한 벌의
옷만 남겨두고 있을 때 가은이 도착했다.
　"밖이 추웠어요?"
　가은의 코끝이 빨갰다.
　"약간."
　가은이 말을 얼버무렸다. 가은의 손에 꽃다발이 들려있었
다. 하얀 장미와 옅은 분홍빛 장미가 뒤섞여 따스해 보였다.
　"뭐예요?"
　규선은 꽃다발을 무심히 쳐다보았다.
　"선물."
　가은이 꽃다발을 내밀었다. 규선은 선뜻 받지 못하고 망
설였다. 회사일 때문에 못 온다던 가은이 연락도 없이 나타

난 데다 이 꽃다발은 또 뭘까 생각하느라. 가은의 눈가가 축축했다. 추워서 코끝이 빨개진 게 아니었다. 피부를 얼게 만들 만큼 쌀쌀한 계절이 찾아오려면 아직 시간이 조금 남아 있었다.

"난 준비한 게 없는데…."

8년 동안 가은이 우는 걸 본 적이 없었다. 가은이라고 사는 동안 왜 울 일이 없었을까. 그녀도 어디선가 울고 또 울었을 테다. 가은은 규선 앞에서는 울지 않았다. 무너지는 모습도 보여주지 않았다. 일찍 돌아가신 부모님 때문에 혼자 감당하는 게 버릇이 된 것일지도 모르겠다. 울었느냐고 묻고 싶었다. 그게 가은의 자존심을 건드는 일이 아니라면. 물어도 될지 고민하느라 적당한 타이밍을 놓쳐버렸다. 웨딩플래너가 카메라를 들이밀며 나란히 서보라고 요청을 해왔다. 규선과 가은은 꽃다발을 사이에 두고 약간 떨어진 채 어색한 미소를 지었다.

서둘러 한 벌 남은 옷의 피팅을 끝냈다. 마지막 남은 옷을 입고 나왔을 때 웨딩플래너와 가은의 표정은 완벽히 일치했다. 지쳐 보였지만 희미하게 웃어주었다. 가은과 간단히 식사를 하고 헤어지기로 했다. 웨딩플래너에게도 물었는데 손사래를 치며 거절했다. 주변엔 딱히 갈 만한 식당이 없었다. 다행히 웨딩플래너가 근처에 맥도날드가 있다고 말해주었다. 둘 다 햄버거를 별로 좋아하지는 않았지만, 때를 놓친 저녁엔 햄버거만 한 것도 없기는 했다.

맥도날드로 가는 내내 가은은 말이 없었다. 원래부터 수다스런 편은 아니었지만, 그저 할 말이 없는 것과 말할 기분이 아닌 것은 엄연히 다른 것이기에 걷는 내내 마음이 불편했다.

"오지 않아도 된다고 했잖아요."

다그치는 것처럼 들리지 않았으면 해서 규선은 부러 더 다정하게 말했다.

"생각보다 일이 일찍 끝나서."

규선의 노력이 무색하게 가은은 퉁명스러웠다.

"피곤할 텐데."

"괜찮아요. 집에 가도 딱히 할 일도 없는데요."

기분을 풀어주고 싶었다. 말로 사람을 기분 좋게 해주는 재주가 있었다면 좋았을 텐데 규선에겐 그런 재주가 없었다.

"꽃을 선물 받게 될 줄은 몰랐어요. 꽃, 좋아했어요?"

가은은 잠깐 걸음을 멈추고 규선의 손에 들린 꽃다발을 빤히 쳐다보았다.

"꽃, 싫어해요?"

"꽃 선물 처음 받아 봐요."

"아. 미안해요. 처음 받게 해서."

"아니요. 나도 한번 선물한 적 없는걸요. 내가 너무 무심했네요. 종종 꽃을 선물했어야 했는데."

"별로 안 좋아해요. 꽃."

가은이 다시 걷기 시작했다. 규선은 천천히 걸음을 맞추었다.

"그런데 난 왜 사준 거예요?"

가은은 대답하지 않았다. 못 들은 건지 못 들은 척하는 건지. 가은은 입을 약간 벌리고서 앞으로 걷기만 했다. 규선이 가은의 손을 잡고 옆으로 끌었다. 맥도날드가 바로 앞에 있는데도 가은은 알아채지 못했다. 얼마나 울었던 걸까. 가은의 얼굴엔 아직도 운 흔적이 선명하게 남아있었다.

"무슨 일 있어요?"

햄버거 포장지를 벗겨 가은에게 건네며 어렵사리 물었다.

"우리 참 오래 만났죠."

가은은 입맛이 없는지 햄버거를 만지작거리기만 했다.

"오래 만났죠. 아주 오래."

"우리 잘 안 싸우는 거 같아요."

"싸울 일이 없었으니까."

"정말 그렇게 생각해요?"

그때 가은과 규선의 휴대폰이 동시에 울렸다. 웨딩플래너로부터 도착한 메시지였다. 메시지를 열자 좀 전에 찍은 사진이 보였다. 사진 속 가은의 얼굴이 그리 밝아 보이진 않았다.

6.

옥희는 스무 살이 되던 여름에 가은을 낳았다. 갑작스러
운 일이긴 했지만 도망치지 않기로 했다. 엄마가 된다는 건
각오했던 것보다 더 많은 것을 포기해야 한다는 것을 뜻했
다. 해 질 녘의 산책, 오월의 푸름, 자정의 소란스러움, 흥
행하는 영화, 까끌거리는 옷 같은 것들을. 더는 못 버틸 것
같다는 생각이 수시로 찾아왔지만 가은의 미소에 한 번, 엄
마라고 불러주는 목소리에 한 번, 옥희 뒤만 졸졸 쫓아다니
는 작고 귀여운 발바닥에 한 번, 그렇게 위기를 넘기곤 했
다. 옥희는 대부분의 시간을 가은과 보냈다. 광수의 일자리
를 쫓아 거주지를 옮겼다. 광수는 바빴고 부모님은 너무 먼
곳에 있었다. 친구들의 연락은 뜸해졌고 가은 또래의 아이
를 둔 여자들과 어울리기엔 옥희는 너무 어렸다.

가은은 광수의 얼굴을 빼다 박았고 옥희의 성격을 고스란히 물려받았다. 가은에게 물려주고 싶지 않은 것을 단 하나만 고르라면 자신의 성격이었는데 결국 그렇게 되었다. 가은과 가장 많이 시간을 보내는 사람이 옥희여서 그럴 수도 있겠다. 둘은 인간관계에 소극적이고 서툴렀다. 혼자 놀기는 싫지만, 친구를 사귈 용기는 없었다. 먼저 다가와 주는 친구에게 손을 내밀 줄은 알지만, 상대의 마음을 헤아리는 것엔 소질이 없었다. 옥희와 가은은 둘이서만 노는 게 편했다. 하지만 가은은 옥희가 가르쳐줄 수 없는 것들을 밖에서 배워야만 했다.

 가은이 유치원에 가 있는 시간 동안 옥희는 자신이 가은에게 과할 만큼 의지하고 있다는 사실에 새삼 놀랐다. 가은이 제 세상을 구축할까 두렵기도 했다. 혼자 고립될 거 같아 불안했다. 가은은 옥희의 유일한 친구였다. 가은이 옥희처럼 세상과 동떨어지길 바라는 마음이 슬며시 고개를 들때면 숨이 턱 막혔다. 어떤 날은 가은을 밖으로 내보내지 않기도 했고 그럴 때면 죄책감이 가슴을 옥죄었다. 가은의 양육에 자신의 주관이 개입되지 않는 게 나을 거란 생각을 했다.

 옥희는 틈나는 대로 육아서적을 읽어치웠고 책의 지시에 따라서만 가은을 키웠다. 그래서일까. 어려울 거라 생각했는데 가은은 별문제 없이 학교를 다녔고 무사히 졸업까지 했다. 버거워 보이는 순간도 많았다. 학년이 바뀔 때 유독 힘들어했고 가장 친했던 친구가 전학을 갔을 땐 어찌할 바를 모를 만큼 절망했다. 미안하지만 그건 옥희가 어찌해줄 수 없는 가은의 몫이었다. 잘 이겨내길 바라는 것만이 옥희가 해줄 수 있는 전부였다.

가은을 가진 건 실수였지만 가은을 낳은 걸 후회한 적은 없었다. 옥희의 인생은 가은이 있어야만 설명될 때가 많았다. 다만 가은이 옥희와 같은 실수를 범하지 않았으면 했다. 광수는 통금시간을 만들었고 옥희는 베란다에 서서 가은의 퇴근길을 살폈다. 가은에게선 남자의 흔적을 좀체 찾을 수 없는 게 안심이 되다가도 한편으론 불안했다. 가은은 여전히 인간관계에 능숙치 않았고 너와 나 사이에 분명히 존재하는 선을 가볍게 침범해오는 사람들을 버거워했다. 그랬기에 그 남자가 집으로 찾아왔을 때 옥희는 놀라지 않을 수가 없었다.

한 남자가 집으로 찾아왔다. 가은의 남자친구라고 했다. 평일 오전이었다. 가은이 회사에서 일을 하고 있을 시간이었다. 난데없는 방문이 당황스러웠지만, 이유가 있겠거니 했다. 가은이 집으로 오고 있을지도 몰랐다. 옥희는 화장은커

녕 세수도 하지 않은 채 아침드라마에 빠져있었다. 여기저기 얼룩이 묻은 목 늘어진 티셔츠가 신경 쓰였다. 옷이라도 멀끔한 걸 입고 있었더라면 좋았을 텐데. 손바닥으로 소매를 만지작거리며 이럴 땐 어떻게 해야 하는 건지 곰곰이 생각했다. 차라리 광수가 혼자 집에 있었더라면 더 나을 뻔했다. 며칠 출장을 떠난 광수를 당장 불러올 방법은 없는 거겠지.

"누가 올 거라는 얘길 못 들었어요."

"아. 죄송합니다."

남자의 목소리는 굵고 낮았다.

"오는 줄 알았다면 뭐라도 준비했을 텐데. 잠시만요."

옥희는 허둥지둥 부엌으로 가서 물을 끓였다. 찬장에서 찻잔을 꺼내고 사과를 깎았다. 그 사이 가은에게 메시지를 보냈다. 가은에게서 곧장 답이 돌아올 줄 알았는데 물이 다 끓을 때까지도 답은 돌아오지 않았다.

"좀 들어요."

"감사합니다."

옥희는 따뜻한 차와 과일을 대접하며 어색함을 지우고자 노력했다. 뭐 하는 사람인지, 나이는 어떻게 되는지, 가은과는 얼마나 만났는지 궁금한 것 투성이였지만 입이 떨어지질 않았다. 가은이 옥희의 노력으로 사회성을 더디게 성장시키는 동안에도 옥희는 가은을 통해서만 사람을 만났고 세상을 보았다. 가은은 왜 미리 말해주지 않았을까. 옥희는 어른스럽지 못한 스스로에게 화가 났다. 이런 자리에서만큼은 능수능란하게 대화를 주도하고 싶었는데.

"무슨 일로 여기까지….."

"가은이가 어떻게 사는지 보고 싶어서요. 구경 좀 해도 될까요?"

눈매가 진하고 말투가 딱 부러지는 사람이었다. 매사에 우유부단한 가은에게는 저런 타입의 남자가 잘 맞을지도 모른다고 생각했다. 가은에겐 옥희의 빈자리를 채워줄 수 있을 만큼 의지할 사람이 필요했다. 남자는 집안 곳곳을 꼼꼼하게 둘러보았다. 가장 오래 머문 곳은 가은의 방이었다. 가은의 방까지 보여주려고 한 건 아니었는데 무작정 방문을 열고 들어가는 남자를 막을 방법이 없었다. 가은이 채 치우지 못한 속옷과 잠옷이 침대 위에 너부러져 있었다. 옥희는 그것들을 슬그머니 이불 아래에 감추었다.

"오늘은 이만 가보겠습니다."

점심을 준비해야 하나 어째야 하나 고민에 빠져있을 즈음 남자가 먼저 일어섰다.

"그래요. 다음에 또 와요."

이 말은 하지 말았어야 했는데. 남자가 떠나고 한참 뒤 가은에게서 전화가 왔다. 일하느라 옥희가 보낸 메시지를 확인할 수 없었다면서. 모르는 사람에게 왜 문을 열어줬냐고 난리를 쳤다. 가은이 울었다. 목소리가 떨렸다. 옥희는 가은이 하는 말을 하나도 알아들을 수가 없었다.

7.

　가은은 결혼 준비 수첩을 펼쳐두고 식탁 앞에 앉았다. 오늘따라 집이 더 적막하게 느껴졌다. 석 달 후엔 이 집을 떠나야 한다. 이 집에서 혼자 십 년을 살았다. 가은의 사정을 잘 알고 있는 집주인을 만난 건 인생에 다시없을 큰 행운이었다. 집주인은 십 년간 조금의 월세만을 받으며 가은에게 이 집을 빌려주었다. 혼자 살기엔 더없이 좋은 집이었다. 침실로 쓰면 적당할 방 하나에 거실과 주방을 겸하는 공간 하나와 낡았지만 깨끗한 욕실까지. 처음 이 집에 오게 된 날 가은은 남은 삶의 전부를 이곳에서 보내게 될 거 같다고 제 삶을 섣불리 단정했었다.

　집주인에게 결혼소식을 알렸다. 축하한다는 말 뒤로 평범한 사람이냐는 물음이 따라왔다. 집주인이 말하는 평범함의 기준은 무엇일까. 아마도 평범할 거라고, 가은은 대답해주었다. 집주인은 그제야 안심한 얼굴로 웃으며 축하한다는 말을 되풀이했다. 잘 살라고도 했다. 가은은 눈물을 참아보려 노력했다. 인제 그만 주변 시세에 맞추어 월세를 올리라는 농담도 했다. 가은은 집주인을 따라 웃었다. 둘의 눈에 눈물이 고였고 흘리지 않으려고 더욱 크게 웃었다.

가은은 수첩을 멍하니 내려다보다 '집주인에게 알리기'라고 적어놓은 글씨 위에 빨간 줄을 반듯하게 그었다. 결혼하기 전 해내야만 하는 일이 이제 몇 개 남지 않았다. 청첩장 준비, 가구 및 가전제품 구입, 웨딩사진 촬영, 규선에게 말하기.

가은은 제일 마지막 줄에 크게 동그라미를 그렸다. 언제가 좋을까. 영영 숨길 수는 없다. 결혼 준비에 앞서 가장 먼저 해치웠어야 했던 일인지도 모른다. 겁이 났다. 결혼이 엎어질까 봐. 규선을 잃게 될까 봐. 규선을 그만큼 사랑하고 있는지는 잘 모르겠지만 규선 없이 사는 건 불가능했다. 규선은 가은의 유일한 가족이었다. 규선이 그 모든 걸 알게 되어도 결혼을 해줄까. 확신이 서질 않았다. 그래서 규선에게 말하는 일을 제일 뒤로 미룬 건지도 모르겠다. 가은도 자신이 얼마나 비겁한지 잘 알고 있다. 몇 개의 장애물을 설치하는 중이다. 규선이 결혼을 무를까 고민할 때 넘어서야만 할 거대한 장애물들을.

지난날을 떠올릴 때면 억울해진다. 가은에겐 죄가 없다. 다만 그 모든 일을 당했을 뿐이다. 세상에는 나의 의사와 상관없이 맞닥뜨려야만 하는 일들이 존재한다. 누구에게도 예외는 없다. 어떤 일은 잔잔한 바람처럼 지나가지만 어떤 일은 인생을 송두리째 흔들어 놓기도 한다. 가은이 겪었던 일은 후자에 속했다.

그 사람이 가은을 자기 멋대로 뒤흔들기로 작정했을 때 가은과 상의도 없이 엄마가 나섰다. 엄마는 그 일을 가은이 혼자 감당할 수 없을 거란 걸 알았다. 엄마 말고는 가은을 지켜줄 사람이 없다는 것도. 엄마는 가은을 위해 가진 것을 전부 걸기로 했다. 세상에 지킬 것은 단 하나밖에 없었다. 가은이 소용돌이에 휘말린 것을 알아차린 엄마는 세상의 무엇도 더 이상 무섭지가 않았다.

그 모든 일이 가은의 의사와 상관없이 일어났다는 데에 여전히 화가 나고 분했지만, 엄마가 용기 내어 마주했던 일들을 생각하면 그저 슬프기만 했다. 잘 모르겠다. 엄마가 했던 일이 가은에게 행복을 가져다주었는지. 엄마가 원한 건 가은의 행복이 아니었을 수도 있다. 엄마는 그저 가은이 안

전하길 바란 것일 테다.

행복과 안전. 어느 게 더 중요하다고 말할 수 있을까. 둘 다 가질 수는 없었던 걸까. 가은은 저도 모르는 사이에 여기까지 왔고 현재를 살아가고 있다. 엄마와 아빠는 죽었지만 가은은 살아남았다. 엄마가 두려워했던 위험은 제거되었지만, 엄마의 부재로 인한 불행은 어떻게도 보상받을 수 없었다.

한동안 잊고 지냈다. 익숙해진 건지도 모르겠다. 규선의 도움이 컸다. 시소 위에 혼자 앉은 기분이었는데 규선이 균형을 맞춰주었다. 평행을 유지하기 위해선 몸에 힘을 주거나 빼는 걸 반복하면 된다. 그렇게 8년을 만나왔다. 균형을 깨지 않으면 관계도 지속될 수 있다. 평화로운 일상으로 돌아가는 건 영원히 불가능할 거라고 믿었는데 어느샌가 가은의 인생은 평범하게 흘러가고 있었다. 엄마 없는 삶이 얼마간은 익숙해졌고 이대로 삶을 지속시킬 수만 있다면 더 바랄 것도 없겠다고 생각하며 하루하루를 버텨왔다.

결혼 준비는 많은 에너지를 필요로 했다. 바빴고 복잡했고 챙길 것이 많았다. 틈틈이 가은을 괴롭혀왔던 과거의 일들을 잠시 잊게 해줄 만큼. 그래서 결혼을 준비하는 게 하나도 버겁지가 않았다. 힘들어도 괜찮았다. 규선과 분담하는 순간 잡생각이 몰려올 거 같아 바쁜 규선을 배려하는 척하며 혼자 다 준비하겠다고 말했다. 가은은 평범한 예비 신부가 되어 새 출발에 대한 긴장과 설렘에 젖어가고 있었다. 어디선가 지켜보고 있을 엄마에게 보답해야 한다는 의무감에서 해방된 것 같은 기분도 들었다. 결혼 날짜와 가까워질수록 가은의 삶이 조금씩 가벼워졌다. 지난 일들은 아득했고 마침내 현재에 집중하며 살아갈 수 있나 했다.

그 남자만 아니었다면.

남자를 맞닥뜨린 순간, 이 결혼이 순탄하게 진행되지 않을 것임을 직감했다. 결혼을 준비하며 애써 잊었던 지난 시간들이 순식간에 떠올랐다. 과거의 일은 늘 발목을 잡는다. 이미 일어난 일을 없던 것으로 만들 방법은 없다. 꼬리처럼 따라다니며 평생을 괴롭힌다. 화해와 용서는 추상적인 단어일 뿐이다. 실재하지 않고 실재할 수 없는. 속절없이 당해야만 했던 사람에겐 기회도, 선택권도 존재하지 않는다. 그저 영원히 당해야만 하는 것이다.

그 남자가 다시 나타난 줄 알았다. 꽃다발을 든 남자가 가은 앞에 불쑥 나타났을 때 가은은 그대로 굳어버렸다. 그 사람에게서 한시도 눈을 뗄 수 없었던 건 그 때문이다. 눈물이 후드득 떨어졌다. 손이 발발 떨렸고 얼굴이 차갑게 식어갔다. 그 남자가 무어라 말을 자꾸 걸었다. 그럴 리가 없잖아. 다시 나타날 리가 없잖아. 정신을 차리라고, 도망이라도 가라고 스스로를 다그쳤지만 소용없었다. 찬찬히 남자의 얼굴을 훑을 수 있게 되기까지 얼마만큼의 시간이 흐른 건지 가은은 알지 못한다. 그 사람이 아니었다. 처음 보는 얼굴이었다. 얼굴형은 비슷했지만, 눈코입이 전혀 달랐다. 그럼에도 그렇게나 놀랐던 건 옷 때문이었다. 가은이 몇 달을 고심하고 노력해서 만들었던 슈트를 차려입고서 가은의 눈앞에 나타났기 때문에.

8.

B-17903이 사무실의 문을 벌컥 열었다. 나경은 키보드를 부지런히 두드리며 업무에 집중하는 척을 했다. B-17903은 좁은 사무실을 비효율적으로 돌아다니며 두리번거렸다. 아무도 아는 척을 해주지 않았다. 초반의 환대는 사라진 지 오래다. B-17903은 직원들의 무시와 홀대에도 아랑곳 않고 매일 출근하다시피 찾아왔다.

"팀장님은요?"

아무도 아는 척을 않자 B-17903이 나경의 책상을 두들겼다.

"아. 오셨네요. 팀장님 오늘 쉬세요."

"왜요?"

"그것까진 말하기가 좀."

규선은 나경에게 B-17903이 찾아올 수도 있다며 경고했었다. 대부분의 직원들은 B-17903의 잦은 방문과 수다스러움, 널뛰는 감정 기복에 지쳐 있었다. 그를 상대 해주는 사람은 규선과 적응훈련팀의 담당자 정도밖에 남아 있지 않았다. 사람을 질리게 만든 건 B-17903이었다. 나경은 다시 모니터 앞으로 얼굴을 가까이 가져갔다.

"바빠요?"

B-17903이 규선의 의자를 당겨와 나경 옆에 앉았다.

"네."

사람이 이 정도로 눈길을 주지 않을 땐 적당히 돌아갈 줄도 알아야지. 하긴 그만한 눈치도 없으니 적응훈련을 풀 패키지로 끊어놓고도 여태 저러고 사는 거겠지. 직원들이 헛기침을 하며 나경에게 눈치를 주었다. B-17903의 후일담을 궁금해할 때는 언제고.

B-17903의 꿈은 절반은 맞고 절반은 틀린 상태로 흐지부지 마무리되었다. 실제로 그 여자를 만나기는 했단다. 똑같은 의상을 구하지 못해 당일까지 발을 동동 굴러야 했지만 기적적으로 회사 근처 골목에 숨어있던 오래된 빈티지 숍에서 찾고 있던 슈트를 구했다고 한다. 나경도 잘 아는 빈티지 숍이었다. 사람이 넷만 들어가도 꽉 차버리는 아주 작은 가게. 평범한 옷은 들여놓는 법이 없고 유니크하고 퀄

리티 좋은 옷만 취급하기로 유명해서 빈티지를 좋아하는 사람들 사이에선 입소문이 널리 퍼진 곳이었다. 그 옷이 거기에 있었을 줄이야. 안타깝게도 B-17903의 운은 거기까지였다. 여자는 B-17903과 사랑에 빠지지 않았지만, B-17903은 오십 년간 간직해온 사랑을 여전히 이어나가고 있었다.

"여자들은 사랑하는 사람을 볼 때 어떤 표정을 지어요?"

규선이 없으니 B-17903은 규선과 한 팀인 데다 이 사무실에서 제일 만만해 보이는 나경을 붙들고 늘어졌다.

"글쎄요."

차갑고 싸늘하게 답한다고 했는데 B-17903은 그 말투의 의미를 눈치채지 못했다. 사회 적응훈련에 눈치 수업도 개설해달라고 건의해야 할 판이다.

"내 꿈과 하나도 다르지 않았단 말입니다. 그녀는 내게서 눈을 떼지 못했어요. 눈물이 가득 고인 눈이 나를 보며 반짝이고 있었다고요. 꿈에서 본 장면과 완벽히 일치했어요. 그 얼굴은 정말이지, 나를 완전히 사랑하지 않고서는 지을 수 없는 표정이었어요. 내가 착각한 게 아니란 말입니다."

나경이 고개를 끄덕였다. B-17903은 그녀가 보인 눈물에 상당한 의미를 부여하고 있었다. 세상엔 수많은 우연이 존재한다. 그녀는 그 타이밍에 울 수밖에 없었던 건지도 모른다. 울음을 참고 또 참다가 B-17903과 눈이 마주친 걸 지도. 혹은 난데없이 나타나 앞을 가로막고 선 낯선 남자의 행동에 놀랐을 수도. 아무튼 단숨에 사랑에 빠진 감격의 눈물만은 아닐 거라고 장담한다.

"이제 뭘 어쩌려고 그래요? 연락처도 모른다면서요."

B-17903은 시무룩한 얼굴로 입술을 깨물었다.

"또 다른 꿈을 기다려볼 거예요. 우린 운명이니까 틀림없이 내 꿈은 이어질 거예요."

"그랬으면 좋겠네요."

순수한 건지 멍청한 건지. 여자의 표정 하나 읽어낼 재주도 없으면서 오십 년을 건너오다니. 무모하기 짝이 없다. B-17903의 인생을 건 사랑의 질주는 실패했다. 꿈이 맞아떨어진 건 틀림없이 놀랄 일이긴 했지만 오십 년 전에 기록된 B-17903의 마지막 발언은 실현되지 않았다. 단숨에, 첫눈에, 누가 먼저랄 것도 없이 사랑에 빠지지 않았으니까.

"내가 뭘 잘못한 걸까요?"

그걸 몰라서 묻는 거야, 멍청아. 하마터면 입 밖으로 소리 내어 말할 뻔했다.

"난 꿈에서 본 그대로 했단 말이에요. 사랑한다는 말은 꿈속에서도 했으니까요. 난 내 몸이 이끄는 대로 행동하고 말했을 뿐이고, 그건 꿈속의 내 모습과 일치했어요. 꿈을 따

라 한 게 아니라 나도 모르게 그렇게 말한 거라고요. 사랑
한다고. 왜냐하면 사랑했으니까. 오십 년 동안이나."

틀렸다. 정확히 헤아리자면 사랑한 시간은 일 년도 되지
않는다. 오십 년 동안 B-17903은 죽은 것과 다름없는 상
태였으니까. 박제된 동물이랑 다를 바 없었다고. 그러니 그
오십 년은 계산에서 빼야 한다.

나경은 B-17903과의 지지부진한 대화에 지쳐갔다. 이럴
때 규선은 어떻게 했더라. 규선이 불편한 눈치를 보이면 나
경이 업무에 관해 질문을 하며 시선을 분산시켜주었다. 주
위를 둘러보았다. 다들 모른 척을 하고 앉아있다. 이럴 때
밀린 업무라도 던져주면 얼쑤 좋다 하며 대신해줄 수도 있
는데.

"여자들은 무턱대고 쫓아오는 사람을 좋아하지 않아요.
무서워한다는 말이 더 어울리겠네요. 게다가 처음 보는 사
람이 사랑을 고백한다…. 그건 진짜 끔찍해요."

"왜요? 낭만적이지 않아요? 여자들이 꿈꾸는 사랑은 그런
거 아니었어요?"

"인생은 드라마나 영화가 아니니까요. 그런 일이 닥친다
면 도망을 가거나 경찰을 부르거나. 그게 정석이죠. 세상이
그렇잖아요. 이상한 사람들도 너무 많고."

"나는 이상한 사람이 아니잖아요."

그건 그쪽 생각이죠, 라고 말하려다 속으로 삭이곤 긴 숨을 내뱉었다.

"내가 재밌는 거 하나 말해줄까요?"

나경이 내쉰 숨의 의미를 간파했는지 B-17903이 피식 웃으며 상체를 숙였다. 나경의 눈이 반짝였기에 대답을 기다릴 필요가 없었다.

"며칠 전에도 꿈을 하나 꿨는데…. 이 안에 있는 사람 꿈을요."

B-17903은 비밀을 말하듯 속삭였다.

"이 안에요?"

B-17903은 허리를 세우며 고개를 끄덕였다.

"눈을 뜨면 알 수 있어요. 이건 그냥 꿈이다, 이건 예지몽이다. 알아맞힐 수 있다고요."

나경은 B-17903의 얼굴을 가만히 들여다보았다. 출생 연도로 따지면 일흔을 훌쩍 넘긴 나이지만 신체나이는 나경의 또래 혹은 그보다 더 아래로 보였다. 각진 얼굴에 조화롭게 담긴 이목구비가 나쁘진 않았다. 육체는 다부졌고 키도 그럭저럭 작지 않은 편. 호감형의 얼굴은 아니지만, 어딘가 서늘해 보이는 인상이 나빠 보이지만은 않았다. 한 여자를 위해 바친 오십 년의 시간에 대해선 의견이 분분하게 나뉘었다. 누구는 멍청한 짓이라고 했고 누구는 별 의미 없는 일에 인생을 걸었다고 했고 누구는 낭만을 넘어선 헌신적인 행동이라 찬양하기도 했고 누구는 돈이 남아돌아서 돈지랄한 것이라고도 했다. 나경은 그 누구의 의견에도 고개를 끄덕일 수 있었다. 모두 맞는 말이었다. 멍청할 만큼 무모했고 무모한 만큼 사랑의 부피가 컸다. 그럼에도 나경은 그 상대가 자신이 아님에 감사했다. B-17903이 버린 오십 년의 시간에 대한 책임은 온전히 그의 것이지만 '너 때문에 여기까지 왔어'라는 말을 듣는 순간 갖게 될 부담감은 상대의 것일 테니까. 그와 사랑하는 사이가 되어 줄 수 없다면 부담감을 떨치긴 더더욱 어려워지겠지.

"내 꿈이었어요?"

"아니요."

"그럼 누구?"

"듣고 싶어요?"

"뭐, 말해 준다면."

"안 돼요. 대신 나경 씨가 꿈에 나올 땐 주저 않고 말할게요."

B-17903이 미련 없이 일어섰다. 나경은 저도 모르게 고개를 끄덕였다.

"또 봐요."

B-17903이 자만에 찬 나른한 표정으로 손을 흔들었다.

저 얼굴로 그 여자에게 사랑한다고 말했을까. 과연 사랑한다고만 말했을까. 여자의 반응이 미적지근하자 그녀를 위해 달려왔던 지난날의 이야기에 살을 보태고 보태어 구구절절하게 설명하진 않았을까. 나경은 잠시 B-17903의 꿈에 자신이 나온다면 어떨까 상상하다 세차게 머리를 흔들었다. 상상만으로도 불쾌한 경험이었다. 멋대로 네 꿈에 나를 나오게 만들지 말라고 경고하고 싶을 만큼.

9.

주원은 마흔이 넘어서까지 아이를 갖지 못했다. 인제 그만 포기하는 게 어떻겠냐는 권유를 받고서도 희망을 내려놓지 못했다. 주원이 그리는 미래엔 귀여운 아이가 있었다. 작은 스트레스도 피하고 싶어 회사를 그만두었고 시댁엔 발걸음도 하지 않았지만, 결과는 참담했다. 늦은 결혼이 문제였나. 결혼 전 만났던 남자들 때문인가. 시간이 지나고 실패가 쌓일수록 과거의 자신을 향한 원망만 늘어났다. 병원에서는 아무런 문제가 없다는데 그래서 더 답답했다. 문제가 없으면 해결할 방법도 없다. 이쯤 되면 사람에게 의지할 수만은 없지 않나 생각하며 평일엔 절로, 주말엔 교회로 갔다. 땀범벅이 되도록 108배를 올렸고 십자가 앞에서 두 손을 모으고 울며 기도했다. 사람들을 많이 만났다. 그들은 하나같이 친절했고 주원의 처지를 딱하게 여겼다. 그들의 주변에는 오랜 불임 끝에 기적적으로 아이를 갖게 된 사람들이 넘쳐 났다. 주원은 일일이 그 사람들을 찾아가서 식사를 대접하며 비법을 물었지만 돌아오는 대답은 하나같이 간절한 기도와 확고한 믿음이었다. 웃기다고 생각했다.

진짜 비법을 내놓으란 말이야. 초면에 거하게 식사대접을 받았으면 밥값을 하란 말이야. 세상에 공짜가 어디 있어.

이보다 더 간절할 순 없었다. 간절함의 최고치는 이미 찍었다. 믿음? 무엇을 향한 믿음? 반드시 아이가 생길 거란 믿음? 신이 도와줄 거란 믿음? 끝끝내 아이가 생기지 않는다면 그건 주원의 마음속에 신이 존재하지 않기 때문인 건가?

전생에 큰 죄를 저질러서 벌을 받는 중일지도 모른다. 아이 몇을 해쳤다든지 지독하게 괴롭혔다든지. 차라리 그렇게 믿는 편이 나을지도 모르겠다. 막연히 기다리라고만 하는 것보다는 안 된다고 말해주는 편이 덜 나쁘다.

종교를 가진다는 것은 일상의 시간들을 생각보다 많이 할애해야 하는 일이었다. 마음을 편안히 가지라고 했다. 믿고 기다리라고 했다. 주원은 신이 아니라 인간이었다. 투자를 했으면 돌아오는 게 있기를 바라는 게 당연했다. 임신에 실패할 때마다 더 초조해졌고 머릿속은 엉켜버린 실타래가 되었다. 두 신을 동시에 섬겨서 이렇게 되어버린 걸까. 차라리 아무 데도 나가지 않던 시절이 더 나았던 걸까. 어느 한쪽에만 올인할 때가 온 걸까. 하지만 어느 쪽을 택해야 하는 거지? 신이란 게 존재하긴 하는 거야? 둘 중 하나만 진짜라면? 한 쪽을 선택했는데 그쪽이 가짜라면?

특별기도회가 동시에 열리던 금요일, 주원은 절에도 교회에도 가지 않고 불임클리닉으로 발길을 돌렸다. 의사는 난자를 냉동하는 게 어떻겠냐고 물었다. 사형선고 같았다. 지금은 가망이 없으니 혹시 모를 훗날을 대비해 총알을 빼두라는 의미처럼 들렸다. 훗날엔 가망이 생기긴 하는 건가? 인간을 냉동하고 원할 때 해동시키는 기술이 흔해졌다는 얘길 듣긴 했다. 실제로 그런 경험을 한 사람을 만난 적은 없지만, 뉴스에서 봤고 잡지에서 읽었고 아는 사람들의 주변에 꽤 있다는 얘기도 들었다. 갖가지 이유로 그 선택을 주저 없이 할 수 있을 만큼 대중화된 기술이라고.

"난자만요?"

주원이 의사에게 물었다. 의사가 안경을 고쳐 쓰며 얼굴을 찌푸렸다.

"얼마나 간절한지 제가 잘 알고 있으니까 말씀드리는 겁니다."

세상은 이상한 방향으로 발전을 한다. 게으른 인간들은

외면에 능숙해진다. 다가올 시간에 책임을 미룬다. 공부도 많이 했고 유능하기로 소문난 의사는 왜 후대의 의사에게 불임치료를 미루는 걸까. 인간을 냉동하고 해동하는 게 자유자재인 시대에 불임을 해결할 방법을 찾아내지 못했다니. 의사는 병원과 연계된 냉동 전문클리닉을 소개해주었다.

"머지않아 불임 같은 건 단숨에 정복할 만큼 의학이 발전할 겁니다. 난자만 냉동시키면 뭐하겠습니까. 산모의 육체 나이도 고려해야죠. 게다가 아이가 태어났을 때를 생각해보세요. 아이와 함께 보낼 시간이 길면 길수록 좋지 않겠습니까. 지금 이렇게 시간을 허비하느니 그 시간을 태어날 아이를 위해 아껴두시라 권하는 겁니다."

의사가 내민 광고지에는 주원이 다니는 산부인과의 소개로 방문할 시 20% 할인에 무료적응훈련 3회가 추가된다는 글귀가 형광색으로 화려하게 칠해져 있었다.

남편과 얼마나 오래도록 이 문제로 상의를 했는지 모른다. 아이를 위해선 부부가 함께 냉동되는 편이 더 나았다. 남편의 걱정은 외롭게 남겨질 부모님과 깨어났을 때 맞이하게 될 경제적인 현실이었다. 남편은 외아들이었다. 형제나 자매가 한 명만 더 있었어도 결정을 하는데 이리 오래 걸리진 않았을 텐데. 그가 번듯한 기술 하나만 가지고 있었어도 훗날의 경제력에 대한 걱정을 덜 수 있었을 텐데. 일 년 가까운 시간이 흘렀다. 이미 결심을 굳힌 주원은 남편보다는 상대적으로 편안한 시간을 보낼 수 있었다. 남편이 어떤 선택을 하게 될지 알고 있었으므로. 남편도 주원만큼이나 간절하게 아이를 바랐으니까. 어느 한쪽이 덜 간절했다면 결심을 하는 데 일 년씩이나 걸리진 않았을 테니까.

남편이 비로소 결심을 끝냈다. 살아가는 걸 잠시 멈추기로 했다는 사실을 주변에 다 알렸을 즈음 그렇게나 간절히 기다리던 아이가 부부에게 찾아왔다. 가장 기뻤했던 건 자식을 잃을 뻔했던 양가 부모님이었다. 그들은 주원과 그녀의 남편이 죽었다가 살아오기라도 한 것 마냥 눈물을 흘렸다. 남편은 회사에 제출했던 사표를 돌려받았다. 냉동 전문 클리닉에 걸어두었던 계약금은 돌려받을 수 없게 되었지만, 그 정도 돈을 버리는 게 하나도 아깝게 느껴지지 않았다. 아이가 생겼으니까.

부부는 노산인 주원이 무사히 출산하는 것에 온 신경을 쏟아붓기로 했다. 주원은 이미 사십을 훌쩍 넘겼고 고위험 임산부로 분류되었다. 게다가 주원이 품은 아이는 하나가 아니라 둘이었다. 기적이었고 축복이었다. 주원은 종교에 다시 매달리지 않을 수가 없었다. 어렵게 찾아온 두 아이를 꼭 만나고 싶었다. 절은 산중턱에 있었고 교회는 언덕 아래에 있었다. 남편은 교회에만 나가는 게 어떻겠냐고 물었지만 주원은 둘 중 하나도 포기할 수 없었다. 어느 쪽이 진짜인지 모르니까. 부처님과 하나님이 한 명씩 선물해준 거라면 어떡하라고. 주원은 진심으로 이 모든 것에 감사했다. 배가 불러올수록 감사함은 커져만 갔다.

여기저기에서 쌍둥이를 위한 선물을 많이 보내주었다. 창고나 다름없던 방 하나를 말끔히 치워 쌍둥이의 방으로 만들었다. 알록달록하고 귀여운 것들이 방 안을 가득 채워갔다. 주원은 하루 중 대부분의 시간을 아이들의 방에서 보냈다. 그날도 다름없이 아이들의 방에 앉아 뜨개질을 하고 책을 읽고 음악을 들었다. 창 너머로 내리쬐는 햇볕이 따뜻해서 콧노래가 절로 나오는 기분 좋은 날이었다. 미지근하게 데운 우유가 마시고 싶어졌다. 쌍둥이 둘 중 어느 쪽이 우유를 원하는 걸까.

주원은 읽던 책을 내려놓고 자리에서 일어섰다. 하얀 실크 벽지에는 모서리가 둥근 거울이 걸려있었다. 곧 떼어다 버려야겠다고 생각을 하며 가만히 거울을 들여다보았다. 내가 이렇게 생겼던가? 화장기 없는 수척한 얼굴이 낯설었다. 부쩍 늘어난 기미와 주름도 여간 신경이 쓰이는 게 아니었다. 눈을 질끈 감았다. 아기들이 보면 실망할 것이다. 임신사실에 들떠 아이들의 입장을 고려하지 못했다. 젊지 못한 엄마를 둔 아이가 겪게 될 곤란함에 대해. 이 아이들을 얼마나 오래도록 책임져줄 수 있을까. 거울을 마주 보고서야 비로소 실감하게 되었다. 아이들이 신나게 자랑할 수 있는 엄마가 아닐 수도 있음을. 아이들이 채 크기도 전에 짐짝이 될 수도 있음을. 함께 보낼 시간이 다른 가정에 비해 너무 짧을 수도 있음을. 아이들이 이른 나이에 고아가 되어버릴 수도 있음을. 걱정이 꼬리에 꼬리를 물고 이어졌다. 아이를 허락해주지 않는 신을 원망했었다. 아이를 갖고서야 자신이 얼마나 오만하고 건방졌는지 깨닫게 되었다. 엄마가 되기에 너무도 부족한 사람이라 아이를 가지는 걸 허락하지 않은 것이었을 텐데. 신은 그저 주원이 딱해서 기도를 들어주었을 테다. 푸념만 하고 앉아있을 순 없었다. 두 아이는 주원 안에서 무럭무럭 자라고 있었다. 주원은 두 아이의 엄마였다. 방법이 아주 없는 건 아니었다.

출산예정일이 다 되어갈 때쯤 주원은 오래도록 생각해왔던 계획을 남편에게 털어놓았다.

10.

결혼 준비의 하이라이트는 집 장만이다. 규선이 살고 있는 오피스텔은 방음이 전혀 되지 않는다는 점만 제외하면 그럭저럭 살만했지만 가은과 합치기에는 모자란 것이 많은 집이었다. 가은이 살고 있는 빌라는 규선의 오피스텔에 비하면 호화스런 궁전 같았다. 오십 년도 넘은 건물이긴 하지만 반듯하고 견고 한데다 적당히 좁아서 두 사람이 살기엔 여러모로 적합했다. 규선은 가은의 집에서 살림을 합쳤으면 하고 바랐다. 적당한 집을 구하는 것은 육체적, 정신적 에너지를 많이 소모하는 일인 데다 금적전인 부분까지 고려하면 엄두가 서질 않았다. 부모님께 손을 벌릴 수도 없었다. 평생을 아껴가며 사셨는데 노후생활까지 쪼들리게 만들고 싶진 않았다.

"집주인이 결혼해서도 지금처럼 살아도 좋다고 했어요. 마침 계약이 끝날 때가 다 되었거든요. 지금 지내는 조건 그대로 해주신다고."

그 말을 들었을 때 규선은 안도의 한숨을 가슴 깊숙한 곳에서부터 끌어내어 쉬었다. 온몸이 뻥 뚫린 것처럼 시원해졌다. 가슴 정중앙이 내내 답답했었다. 집 때문에 골머리가 아팠다는 걸 부정하지 않을 수가 없게 되었다. 규선의 얼굴에 절로 미소가 스며들었다. 웃고 싶지 않아도 웃음이 났다. 직장을 십 년이나 다녔고 앞으로도 가능한 한 오래 다닐 예정인데도 내 집 장만은 꿈속의 일처럼 아득하기만 했다.

"그런데 규선 씨. 난 싫어요. 이제 그만 떠나고 싶어."

이렇게 집 문제는 순탄히 해결되는구나 했는데 가은이 그 집에 계속 머무를 수 없다고 말했다. 아니 왜. 대체 왜. 가은의 집은 규선의 회사와 꽤 멀리 떨어져 있긴 하지만 지금보다 한 시간 일찍 나서면 그만이었다. 그거 말곤 문제가 없는 거 같은데 뭐 때문에. 규선은 머리가 핑 돌아서 약간 휘청했다.

"부담스러워요. 미안하기도 하고. 면목이 없어요."

가은은 가끔 정이 뚝 떨어질 만큼 성격이 칼 같았다. 신세 지는 걸 끔찍이도 싫어하는 가은이 부모님과 친분이 있었던 분의 도움을 십 년이나 받고 있다고 했을 때 의아해하

64

긴 했었다. 부모님에게 아주 큰 신세를 진 분이거나 친척보다 더 친밀한 사이겠거니 짐작했다. 십 년씩이나 잘 살았으면서 이제 와서 대체 왜. 한 번만 더 눈을 꾹 감고 도움을 받으면 안 되는 건지. 입안에서 자꾸만 왜, 왜, 대체 왜, 라는 말이 맴돌았지만 꺼내어 되묻진 않았다. 가은이 싫다고 말하는데 일방적으로 밀어붙일 순 없었다. 그건 가은이 선택할 문제이니까.

가은과 규선의 회사 중간지점에 함께 살 집을 구하기로 하고 틈나는 대로 부동산을 돌아다녔다. 둘이 함께일 때도 있었고 시간 나는 사람이 혼자서 움직이기도 했다. 눈여겨본 아파트가 있었다. 대단지인 데다가 교통이 좋았고 주변 환경도 괜찮았다. 그에 반해 시세도 적당해 매물이 나오는 순간 먼저 계약하는 사람이 임자가 될 정도로 인기가 많았다. 공인중개사에게 매물이 나오면 꼭 좀 먼저 연락을 달라며 비타민 음료 한 박스를 들고 찾아가 부탁도 했다.

공인중개사에게 기다리던 전화가 마침내 걸려왔을 때 규선은 회사에 막 출근해 외투를 벗고 있었다. 급매물이라 그런지 매물가가 예상했던 것보다도 더 쌌다. 느낌이 왔다. 그 집이 우리 집이다 싶었다. 그 집을 만나기 위해 여기까지 왔을 거다. B-17903 덕분에 운명이란 말이 소름 돋게 싫어지긴 했지만 이번만큼은 운명이란 단어를 부정하고 싶지 않았다. 집도 인연이 되어야 만난다는 말이 있지 않은가. 규선은 곧장 퇴근을 했다. 기회를 날려버릴 순 없었다. 가은에게도 당장 와달라는 메시지를 남겼다. 걸음이 가벼웠다. 지겨운 숙제를 드디어 끝낼 수 있게 되었다. 부동산을 전전하며 얼마나 절망했던지. 위치가 좋다 싶으면 돈이 문제였고 금액이 알맞다 싶으면 위치가 별로였다. 괜히 기분이 꺼림칙한 집도 있었고 입주 시기가 애매해서 포기하기도 했다. 사방에 널린 아파트들을 올려다보며 저런 곳에 살기엔 아직 자격이 부족한가 스스로를 돌아보기도 했다. 완벽하게 맞아떨어지는 집을 구하는 건 기적이구나 하며. 그런데 기적이 일어난 것이다.

이게 끝은 아니다. 꽤 많은 대출을 받아야 했다. 계약을 마치면 은행에 들러야 했다. 나온 김에 볼일을 다 봐두는 게 좋다. 결혼을 하면 또 며칠 쉬어야 하니까. 십 년이면 대출금을 다 갚을 수 있을 거다. 둘이서 열심히 벌고 아껴 살면 된다. 부족할까? 넉넉하게 십오 년 잡을까? 이십 년이면 충분하겠지? 걱정은 또 다른 걱정으로 덮어야 한다. 집 걱정이 물러나자 돈 걱정이 찾아왔다.

규선의 회사는 해동이 불가하던 시절부터 이 산업에 뛰어들었다. 냉동기술만 보유하고 있음에도 냉동되길 원하는 사람들이 있었기에 가능한 일이었다. 그들은 인간을 신뢰했다.

언젠가는 해동기술을 개발해 줄 거라고 굳게 믿었다. 그런 날에 도달하는 데에는 시간이 꽤 걸렸다. 초기시장 진출기업들 중 대다수는 사라졌고 몇 개의 회사만 덩치를 키워가며 자리를 잡았다. 해동기술이 완비되자 회사는 급속도로 성장을 했다. 인간의 욕망을 잘만 건드리면 돈이 저절로 굴러들어오는 시스템이었다. 가능한 한 오래 젊음을 유지하고 싶어 하고 죽음으로부터 최대한 멀리 떨어지고 싶은 것이 사람의 본성이었다. 회사에 허점은 없었다. 기술에 오점도 없었다. 회사의 규모에 비례하여 직원들의 수도 늘어났다. 연봉도 꽤 높은 축에 속했다.

이상한 소문이 돌기 시작한 건 석 달 전부터였다. 이런 유의 소문은 늘 존재했다. 인간의 수명연장을 위한 연구가 활발하게 이루어지고 있었다. 더디지만 진전이 없는 것도 아니었다. 실패를 기대하며 연구에 몰두하는 사람은 없을 것이다. 인류를 구원할 방법이 있다면 그건 자신의 머리에서 탄생할 거라고 믿으며 혼신의 힘을 다해 연구에 몸 바치고 있을 테다. 상주했던 비슷한 소문을 흘리듯 듣던 사람들이 요동하기 시작한 건 이번 소문은 여느 것과는 조금 달랐기 때문이다. 캐나다의 어느 대학에서 인간의 노화를 늦추는 연구를 거의 끝냈다는 소문이었다. 논문은 이미 완성되어 발표만을 앞두고 있으며 이미 한 제약회사와 손을 잡고 신약을 개발 중이라는 소문이 파다하게 퍼졌다. 노화 시기를 늦추기만 하는 것이 아니라 암까지 단번에 치료가 가능하게 만들 수 있다고 장담했다. 소문이 사실이라면 수명의 무한한 연장을 가능케 할 만한 연구에 성공한 것이다.

근거 없이 퍼진 소문은 아닌 듯했다. 회사가 술렁였다. 지구의 종말은 별 문제가 아니다. 온 세상이 동시에 망하는 건 그다지 나쁜 결말은 아니다. 회사의 위기는 지구의 종말보다 더 섬뜩하고 두려운 문제였다. 회사가 망해도 삶은 지속된다. 냉동과 해동기술을 보유한 기업들이 승승장구하고 있는 까닭은 냉동되길 원하는 사람이 많기 때문이다. 당장 장기이식을 하지 않으면 목숨이 위태로운 사람들이 있다. 온몸에 암세포가 퍼져버린 시한부 환자도 있다. 연하의 남편과 또래로 늙어가고 싶어 하는 사람도 있다. 상담 예약이 필수가 되었을 정도로 냉동되길 원하는 사람들은 넘쳐났고 그들은 회사의 자산이자 미래였다.

노화를 늦추고 암을 완전히 정복할 수 있는 신약이 개발되는 건 인간의 입장에선 좋은 일이겠지만 회사의 입장에선 마냥 반길 수만은 없는 일이었다. 직원들이 걱정하는 건 신규신청자의 수가 감소하는 것. 소문이 사실이라면 회사는 내리막길로 진입할 것이다. 인원 감축부터 시행할 테다. 그땐 이렇게나 많은 직원이 필요치 않을 테니까. 이런 상황에서 섣불리 아파트를 구해도 되는 걸까. 대출금을 갚을 능력이 없어지면 그땐 어떻게 해야 하는 거지.

집을 구해야 한다는 생각에 사로잡혀 잠시 회사 내에 돌고 있는 흉흉한 소문을 잊고 말았다. 너무도 간절히 바랐던 집이라 아무 생각 없이 기뻐하며 뛰어나왔다. 한산한 지하철역에서 다음 열차를 기다리며 하릴없이 앉아 있다 보니 그제야 현실이 눈에 보였다. 당장 겁먹을 문제는 아닐 것이다. 그런 일은 일어나지 않을 가능성이 크다. 세상이 그리 쉽게 바뀔 리는 없다. 인간의 수명을 멋대로 조정하도록 신이 허락할 리가 없으니까. 갚아야 할 돈이 평생 일해야 할 만큼 많아진다고 생각하니 작은 위험에도 예민해졌다. 만약 그 모든 일이 현실이 된다면 인원 감축을 한다면 규선도 그 대상이 될까? 직원들과 쉬이 어울리지 못한 걸 문제 삼을까? 가깝게 지내지 않았을 뿐 관계가 나빴던 건 아닌데도?

건너편 플랫폼에 지하철이 도착했다. 사람들이 오르내리는 소음에 안심이 되었다. 저들도 그렇게 살아가고 있겠지. 집을 얻고 돈을 잃는. 평생 벌어 갚아야 하지만 돌아갈 집이 있다는 사실에 든든해지는. 규선은 손에 쥔 휴대폰을 내려다보았다. 가은에게선 아무런 연락이 없었다. 공동명의로 계약을 할 예정이라 가은이 필요했다. 집주인의 일정 문제로 오늘 오전이 아니면 시간을 맞추기가 어려워 보였다. 지금이 아니면 그 집은 다른 사람의 손에 넘어갈지도 모른다.

가은에게 전화를 걸어보았다. 통화연결음이 꽤 오래도록 흘렀다.

"네."

전화를 끊으려는 찰나 가은의 힘 빠진 목소리가 들려왔다.

"내가 보낸 메시지 못 읽었어요?"

"아니요. 봤어요."

"오고 있어요?"

"아니요."

가은의 목소리에서 들뜬 기색을 전혀 찾을 수가 없었다. 꼭 이사를 가야만 한다고 우긴 것도 가은이었고 저런 집에서 살아보고 싶다며 설레하던 것도 가은이었다.

"서둘러야 한대요."

"저기…."

"네."

"그냥 혼자 하면 안 돼요?"

"나 혼자?"

"네. 혼자."

"바빠요?"

"그건 아닌데…."

가은이 자꾸 뒷말을 흐렸다.

"같이 가기로 했잖아요."

"그거, 꼭 해야 해요?"

가은이 한참을 망설이다가 물었다.

"우리 집이잖아요. 내 돈만 들어가는 것도 아니고 가은 씨도 보태기로 했는데 당연히 공동명의여야죠."

"난 정말 괜찮아요. 그러니까 제발 혼자서 해줘요."

"못 나올 상황이라 그래요? 그럼 일단 나 혼자 계약할까요?"

"규선 씨, 그게….."

가은이 울먹였다. 울고 있는 거 같았다.

"무슨 일이 있는 거예요?"

열차가 달려오는 소리가 점점 커졌다. 열차를 기다리던 사람들이 한걸음 뒤로 물러났다.

"나중에. 나중에 얘기해요. 나중에."

전화가 끊겼다. 갑자기 뚝 끊겨버렸다. 그 사이 열차가 도착했고 문이 열렸다. 기다리던 사람들이 천천히 열차 안으로 들어갔다. 가은이 원하는 건 뭘까. 공동명의가 싫어서 저러는 걸까. 그 집이 마음에 안 드는 걸까. 그도 아니면 규선이 싫증 나기라도 한 걸까. 규선은 자신이 포기해야 하는 게 무엇인지 고민하느라 한참을 앉아있어야만 했다. 두 사

71

람이 애타게 찾던 집으로 데려다줄 열차는 떠나버렸고 텅 빈 플랫폼에 규선만 홀로 남았다. 가은에게 다시 전화를 걸어보았지만, 전화기가 꺼져있다는 음성만이 흘러나왔다.

11.

"너 좀 특이해."

좋아한다고 말했으면 좋다거나 싫다거나 미안하다거나 뭐 그런 답이 돌아와야 하는 거 아닐까.

"내일 봐."

사귀자고 말했을 땐 웃으면서 뒤돌아섰다. 기한은 멀뚱히 서서 윤정의 뒷모습을 바라보았다. 그러니까 내일 또 아는 척해도 된다는 뜻이지?

기한은 느지막이 일어나 학교 식당에서 정식을 사 먹고 도서관에서 시간을 때웠다. 이 년째 수업도 없는 학교를 오가고 있다. 졸업은 유예시켜 놓았다. 윤정은 학교에 유일하게 남아있는 기한의 동기였다. 다른 동기들은 진작 취업해서 학교를 떠났고 그렇지 못했다 하더라도 학교엔 모습을 드러내지 않았다. 윤정은 몇 년 외국에 다녀오느라 졸업이 늦어졌다. 마지막 학기를 보내는 중인 윤정과는 초여름 즈음부터 친해졌다. 학교 내에서 열린 취업박람회에서 우연히 만나 서로의 존재를 확인했다. 낡고 낡은 학번의 소유자가 학교 안에 있었다니. 그건 서로에게 무척이나 반가운 일이었다.

윤정은 부지런히 이력서를 쓰고 면접을 보러 다녔지만 반갑지 않은 불합격 소식만 연신 들려왔다. 거절당하는 것에 익숙해진 기한과 달리 윤정은 불안과 두려움에 시달렸다. 집으로 돌아가기 전 윤정과 기한은 매일 소주 한 병을 나눠 마셨다. 기한 역시 윤정만큼 많은 이력서를 쓰고 보내길 반복했다. 돌아오는 대답은 원하는 게 아니었지만 그만둘 수는 없었다. 그게 아니면 영어 공부를 하는 것 말곤 달리 할 일도 없었으므로. 기한은 내심 윤정도 졸업을 유예시킬 수밖에 없는 처지가 되길 바랐다. 그런 다음에 또 좋아한다고 사귀자고 물으면 그래, 좋아 하고 기한이 원하는 답을 돌려줄 거 같았다. 합격소식을 듣는 것과 윤정의 입에서 사귀자는 말이 나오는 것 중 후자에 더 마음이 가는 건 그쪽의 실현 가능성이 더 크기 때문일지도 몰랐다. 취업에 관해서라면 올해도 이미 그른 게 아닐까 생각하던 참이었다. 괜찮은 기업들은 이미 채용을 끝냈고 남아있는 기업들은 기한의 마음에 차지 않았다.

　윤정을 얼마만큼 좋아하고 있는지는 자신의 마음인데도 알 도리가 없었다. 그저 기한과 똑같이 실패하고 있는 윤정을 보면 안심이 되었다. 작년엔 운이 좋지 않았던 거고 올해는 이 사회에 해결 못 할 문제가 생긴 것이다. 기한보다 훨씬 더 스펙이 좋은 윤정의 불합격 소식이 연달아 들리는 것을 보면 그런 게 확실했다. 이 불행이 영원히 이어지진 않을 거란 희망은 둘이 함께여서 지속될 수 있었다. 다음에 잘하면 된다. 새 출발은 차가운 겨울보단 따스한 봄에 더 잘 어울리니까. 그러니 우리 차가운 겨울엔 남들처럼 손 붙잡고 서로의 온기나 나누지 않을래?

　"넌 뭐가 그렇게 태평해?"

　윤정이 뾰루퉁한 얼굴로 톡 쏘아붙였다. 윤정을 너무 빤히 쳐다보았다. 히죽 웃기도 했다. 술에 취해 그런 거라 핑계 대기 딱 좋은 차가운 밤이었다.

　"넌 뭐가 그렇게 날 섰냐?"

　기한이 꼬부라진 혀로 되받아쳤다.

　"재수 없어."

　"너도 내가 좋지?"

　"너 같으면 너 같은 애가 좋겠냐?"

　"내가 어때서?"

윤정이 말 대신 소주를 한 모금 삼켰다.

"내가 어때서!"

기한이 조금 더 큰 소리를 냈다. 옆 테이블에 둘러앉은 여자들이 눈을 동그랗게 뜨고서 동시에 고개를 돌렸다.

"왜 하필 하나 남은 동기가 너냐고. 너 말고 다른 애들이 었음 나도 벌써 취직했을 거 아냐. 이 아무짝에도 쓸모없는 놈아!"

윤정도 목소리를 높였다. 그제야 옆 테이블에 앉은 여자들의 고개가 제자리로 돌아갔다.

"네가 못한 걸 왜 날 탓해. 웃기고 있어."

"그럼 이게 다 내 잘못이란 말이야?"

윤정이 비틀거리며 일어섰다. 기한은 색 바랜 검정 백팩을 한쪽 어깨에 대충 걸치고 윤정을 뒤따랐다. 윤정의 발자국을 따라 걸으며 생각했다. 윤정이 계속 실패했으면 좋겠다고. 기한이 겪었던 만큼의 실패를 똑같이 혹은 보다 더 많이 겪으면 좋겠다고. 윤정을 좋아하는 마음은 여전하지만 더불어 윤정이 아프고, 절망했으면 하고 바랐다. 무너질 것처럼 휘청이며 걷는 윤정을 보는 게 좋았다. 기한이 윤정과 소주 한 병을 나눠 마실 수 있는 건 둘의 처지가 같아서임을 누구보다 잘 알고 있으니까. 간간이 학교 앞으로 찾아오던 친구들의 발길이 서서히 끊긴 것처럼 처지가 달라지면 윤정도 변할 테니까.

윤정은 인사도 없이 버스를 타고 떠났다. 손도 흔들어주지 않았고 뒤돌아봐 주지도 않았다. 그날 밤 기한은 꿈을 꾸었다. 윤정이 캐리어를 끌고 버스정류장에 서 있는 꿈이었다. 어딜 가는 거냐고 물어보려 했는데 공항으로 가는 리무진이 윤정을 태우고 떠나버렸다. 버스 뒤꽁무니를 쫓아 뛰었지만, 거리는 점점 더 벌어지기만 했다. 눈을 떴을 때 이건 그냥 꿈이 아니라는 걸 느낄 수 있었다. 꿈속에서 날짜와 시간을 확인하지 못한 게 한스러웠다. 윤정은 어디로 가려는 걸까. 캐리어 안에는 뭐가 들었던 걸까. 꿈을 꾼 당사자인데도 아무것도 알 수 없어 혼란스러웠다. 혼자 남겨질 게 두려웠다.

윤정에게 전화를 걸었는데 받지 않았다. 잠시 뒤 윤정에게 취업 스터디 중이라는 메시지가 날아왔다. 무슨 취업 스터디를 말하는 거지? 그거 우리 둘이 매일 하던 거 아니었나? 기한은 대충 씻은 후 학교로 달려갔다.

빈 강의실을 다 뒤졌고 겨우 윤정을 찾아냈다. 윤정은 몇 년은 어린 후배들과 빈 강의실에 둘러앉아 있었다. 예고도 없이 들이닥친 기한을 보고 윤정이 얼굴을 찌푸렸다. 경멸이 가득한 얼굴이었다.

"잠깐 나 좀 봐."

기한이 목소리를 다듬고 윤정을 불렀다.

"나중에. 스터디 중이잖아."

윤정이 후배들의 눈치를 살피며 어설프게 웃었다. 기한은 윤정의 스터디가 끝날 때까지 강의실 뒤편에 앉아 윤정을 노려보았다. 왜 기한의 가슴이 망치질하듯 쿵쾅대는 건지 알 수 없었다. 윤정이 혼자 이 구덩이를 탈출하려고 해서? 스터디에 끼워주지 않아서? 기한을 피하기만 하는 후배들이 윤정과는 어울려주어서? 찌질하게도 기한이 분노하는 이유는 그 모든 것이었다. 윤정이 하는 행동 하나하나가 다 마음에 들지 않았다. 꿈속에서도 그랬다. 윤정은 말도 없이 떠났다. 멀리서 기한이 뛰어오는 데도 모른 척했다. 비행기는 왜 타려는 거지? 혼자서 얼마나 떠나있으려는 거지? 아니, 애초에 혼자 떠나는 게 맞긴 한 거야?

기한 때문인지 스터디는 흐지부지 마무리되는 것 같았다. 난처한 얼굴의 윤정이 점심을 쏘겠다며 후배들을 붙잡았지만, 후배들은 고개를 저으며 강의실을 바쁘게 빠져나갔다. 홀로 남겨진 윤정을 보자 기한은 기분이 좋아졌다.

"왜 이래 정말!"

윤정이 들고 있던 책 한 권을 기한의 얼굴에 던졌다. 책

모서리에 이마를 정통으로 맞았지만, 화가 나지 않았다.

"꿈을 꿨어."

난데없는 꿈 이야기에 윤정이 흠칫 놀라며 눈을 치켜떴다.

"너도 들어본 적 있지? 내가 꾸는 꿈이 어떤 건지."

엄마는 밖에서 꿈 이야기를 함부로 하고 다니지 말라고 했지만, 신입생 시절엔 그 약속을 지킬 수가 없었다. 사실 그런 종류의 꿈을 자주 꾸는 건 아니었다. 드물다고 하는 편이 낫겠다. 엄마는 기한이 꿈을 꾸는 걸 몸서리치게 싫어했다. 꿈을 꾸는 횟수가 드물다는 것도 엄마를 안심시켜주진 못했다. 기한도 자신이 그런 꿈을 꾸는 게 달갑지만은 않았다. 그래서 엄마의 명령에 따라 어디서도 꿈 이야기를 하지 않았는데 그놈의 술이 문제였다. 술을 마시면 입이 가려워지는 주사가 있다는 걸 몰랐던 것이다.

기한은 선배들과 동기들 앞에서 꿈에 대해 낱낱이 쏟아내고야 말았다. 술김에 내뱉은 꿈들이 현실에서 두어 번 이뤄지는 걸 목격한 이들이 생겼다. 기한은 단숨에 유명해졌다. 그렇게 얻게 된 인기와 환대는 낯설었지만, 쾌감도 만만치 않게 컸다. 매일 밤 꿈을 꾸길 바라며 잠이 들었고 꿈을 꾸지 않은 날엔 있지도 않았던 과거의 어느 날에 대해 장대하게 꾸며내어 떠들고 다녔다. 거짓이 반복되면 언제고 꼬리가 밝히고야 만다. 꿈이 현실이 되는 걸 몇 번이고 목격했던 이들까지 그 일들을 우연으로 치부하기 시작했다.

그 즘부터였다. 기한은 대학 생활을 홀로 감당해야 했고 그 시간은 감당할 수 없을 만큼 길고 지루했다.

"또 무슨 꿈 타령이야."

윤정은 바닥에 떨어진 책을 주우며 관심 없는 척을 했지만, 목소리는 미묘하게 떨리고 있었다.

"궁금하지 않아? 네가 나왔는데."

강의실은 비어 있었고 두 사람만이 그 안에 존재했다. 관계의 우위를 차지하는 건 언제나 윤정이었는데 이제야 균형이 맞추어지려 하고 있다. 아니, 균형은 찰나에서 끝이 났다. 처음으로 기한이 윤정의 위에 서게 된 것이다. 윤정과 기한의 위치가 바뀌었다.

"내가 나왔다고? 뻥치지 마."

"맹세해. 너의 미래를 봤어."

윤정은 손가락을 만지작거리며 망설이다 기한 옆에 앉았다.

"내가 뭘 하고 있던데?"

"나랑 자면 말해줄게."

"미쳤어?"

"궁금하지 않아?"

"개수작 부리지 마."

"지름길이 있는데 둘러갈 거야? 얼마나 더 실패하려고 그래?"

기한은 꽉 움켜쥔 주먹을 주머니에 넣으며 미소를 지었다. 멍청하긴. 윤정이 조금만 더 똑똑한 여자였다면 고민 따윈 하지 않았을 테다. 지름길 같은 건 없다. 윤정이 무슨 수로 시간을 앞당길 수 있을까. 그저 미래에 일어날 일을 미리 알게 된다는 것 말고는 변하는 건 하나도 없을 테다. 그날은 그날에만 찾아온다. 인생이란 그런 것이다. 기한은 윤정의 취업 성공과 하나도 상관없었던 꿈을 떠올리며 피식 웃었다.

12.

더 이상 숨기는 것은 불가능하다. 결혼을 한 후에도 숨기며 살고 싶은 생각은 없다. 불가능할뿐더러 그렇게까지 숨기며 살고 싶지는 않았다. 8년 동안 숨기는 것도 벅찼다. 언젠가 말해야지 꼭 말해야지 했다. 이날까지 끌고 올 생각은 조금도 없었다. 기회가 없었던 것도 아니었다. 결심만 섰다면 언제든 말할 수 있었을 거다. 규선은 말하는 것보단 들어주는 것에 더 능숙한 사람이니까. 오늘은 반드시 털어놓아야지 결심하며 나섰다가 결국 아무 말도 하지 못하고 돌아온 날들이 쌓여 여기까지 와버렸다.

규선은 좋은 사람이다. 함부로 윽박지르지도 않는다. 화가 난다고 소리를 지르지도 않는다. 자기주장을 펼치기 전에 먼저 남의 의견에 귀 기울인다. 해서는 안 될 일을 정확히 인지하고 있다는 점이 가장 좋았다. 이 단순하고 평범한 것들을 지키지 못하는 사람들이 세상엔 너무 많았다. 그래서 더욱 규선에게 끌렸다. 안심하며 만날 수 있었다. 믿을 수 있는 사람이 되었다. 사회성이 약간 부족해 보이지만 드넓은 인맥에 집착하는 것보단 훨씬 나았다. 그런 규선에게 이날까지 솔직하지 못했다는 게 가은을 내내 괴롭혔다. 이유가 있었다. 규선이 냉동되는 사람들에 대해 별로 호의적이지 않기 때문이었다. 몇 번 넌지시 물어본 적이 있었다. 서서히 대화로 풀어나갈 생각이었다. 그때마다 규선은 너무도 단호했다. 윤리적인 관점에서는 심각한 문제라고. 인간이 신의 영역을 침범하고 있다고. 달리 믿고 있는 신도 없으면서 그렇게 말했다. 그래서 말할 수 없었다. 털어놓기가 어려웠다.

규선은 결국 혼자서 아파트를 계약하고 왔다. 진실을 털어놓지 못해서 부동산에 같이 갈 수가 없었다. 새집에서 새로운 출발을 할 생각에 계약 절차에 대해서는 까무룩 잊고 말았다. 규선이 보는 앞에서 주민등록번호를 적을 생각을 하니 앞이 깜깜했다. 이참에 속 시원하게 털어놓아 버릴까 하는 생각도 했지만, 용기가 나질 않았다.

규선 혼자 감당하기엔 버거운 집이다. 둘이서 힘을 합쳐도 오랜 시간이 걸릴 대출금을 떠안게 된다. 계약까지 하고 온 마당에 결혼을 무르자고 말하진 않겠지 하는 마음도 있었다. 규선 혼자서는 버겁겠지만 둘이라면 차근차근 갚아갈 수 있을 것이다. 규선을 놓치고 싶지 않아서 비겁해졌다. 가족이 갖고 싶었다. 평범하게 살아보고 싶었다.

가은우 의류회사에서 일하고 있다. 스무 살 때부터 계속 그 분야의 회사만 전전해왔다. 잠시 쉬었다 돌아왔을 때도 이 분야의 회사를 택했다. 가은이 디자인을 하거나 옷을 만드는 일을 하는 건 아니었다. 가은은 책상 앞에 앉아 사무적인 일들만 처리했다. 의류회사만 고집해온 건 가은의 남다른 손재주 덕분이었다. 남들이 만드는 것을 보는 것만으로도 좋았다. 가은은 오며 가며 눈으로 기술을 익혔다. 그렇게 터득한 기술로 옷 한 벌은 뚝딱 만들어낼 수도 있었지만 가은에게는 사무적인 일 말고는 주어지지 않았다. 의상디자인을 정식으로 배운 적도 없고 대학을 나오지도 못했으며 서류상으로는 육십 대가 되어버렸으니까. 회사의 배려로 서류상의 나이는 무시하며 지내고 있지만 떳떳할 순 없었다.

가은은 스물셋의 나이에 냉동되었다. 눈을 떴을 땐 삼십 년의 세월이 지나가 있었다. 강제적이었다. 가은이 원해서 한 일이 아니었다. 엄마가 낯선 주소를 불러주며 찾아오라고 했다. 엄마와 밖에서 만난 건 그날이 처음이었고 또 마지막이었다. 높다란 빌딩의 로비 소파에 앉아있던 엄마의 얼굴이 슬프고 무거웠다는 것만 기억한다. 엄마를 따라 엘리베이터를 탔고 23층에 도착하자마자 그 앞에서 기다리고 있던 남자들에게 끌려갔다. 엄마가 뒤따라오고 있었다. 애타게 엄마를 불렀다. 엄마는 울기만 할 뿐 구해주지 않았다. 남자들이 어느 좁은 방 침대 위에 가은을 묶었다. 팔다리를 움직일 수 없었다. 엄마는 연신 흐르는 눈물만 닦아댔다. 아무도 설명해주지 않았으므로 무슨 일이 벌어지고 있는 건지 알 도리가 없었다. 남자 중 한 명이 가은의 팔에 주사를 놓았다. 엄마가 가은의 곁으로 달려와 비명에 가까운 소리를 질렀다. 엄마의 얼굴이 흐릿해졌다. 가은은 이내 정신을 잃었다. 그것이 가은이 기억하는 그날의 마지막이었다.

본인의 동의 없는 강제적인 냉동이 그 시절엔 가능했다. 가족의 동의면 충분했다. 엄마는 그 방법이 최선이라고 생각했을 것이다. 가은은 삼십 년이 지나서야 해동될 수 있었다. 엄마가 지정한 해동 날이었다. 가은을 기다리는 사람은 아무도 없었다. 엄마도 아빠도 세상에 존재하지 않았다. 엄마·아빠의 집에는 모르는 사람들이 살고 있었다. 주인이 바뀐 지 오래되었단다. 가은에게 남겨진 건 월급을 받던 통장 하나뿐이었다. 그동안 모아뒀던 돈이 고스란히 남겨져있었다. 엄마·아빠가 남겨둔 돈도 약간 있었다. 인간 하나를 냉동하고 해동시키기까지 얼마나 많은 돈이 들어가는지는 적응훈련에서 만난 사람들을 통해 들었다. 엄마에게는 그만큼의 돈이 없었을 테다. 늘 빠듯했고 늘 쫓기듯 살아서 아빠는 하루도 쉬어서는 안 되었다. 아마 집을 내놓을 수밖에 없었을 거다. 그렇지 않고서는 그 큰돈이 어디에서 나온 건지 설명되지 않았다.

엄마·아빠의 사망 날짜가 같았다. 가은을 냉동시키고 겨우 몇 달이 지난 후였다. 사고가 일어난 거라 추측할 뿐이다. 가은에게 엄마·아빠의 소식을 알려줄 사람이 아무도 없었다. 가은은 가진 돈으로 겨우 구할 수 있었던 좁은 반지하 원룸에 무릎을 굽히고 앉아 울었다. 그냥 엄마·아빠와 함께 있다 같이 죽는 편이 낫지 않았을까 하고. 설명 하나 없이 순식간에 벌어졌던 일이었다. 인사도 못 건넸다. 엄마는 가은과 삼십 년 뒤에 다시 만날 수 있을 거라 예상했던 걸까. 도대체 왜 그렇게까지 무모했던 걸까. 소심한 성격에 어떻게 그런 일을 벌일 수 있었을까.

현실 적응훈련 프로그램에서 집주인을 만났다. 집주인은 십칠 년간 냉동되었다고 했다. 서류상으로는 가은보다 열두 살이 많았고 해동된 시점의 나이로는 스물다섯 위였다. 엄마 생각이 나서 몇 차례 말을 주고받은 것뿐인데 그걸 두고 두 사람이 친해진 거라고 생각한 모양이었다. 집주인은 적응훈련이 끝나기만을 기다렸다가 가은을 붙잡고 온갖 얘기

를 다 했다. 어쩌다 냉동되었는지 그럴 수밖에 없던 가정사
는 무엇인지 지금은 어떻게 지내고 있는지 별로 궁금하지도
않은 것까지 세세하게. 대화가 고픈 사람이었다. 다시 찾은
가정에서 집주인은 겉돌았다. 남편은 서먹했고 아이들은 남
처럼 굴었다. 가은 앞에서 집주인은 자주 웃고 울었다. 집주
인은 일방적으로 가은에게 마음의 문을 열었다. 적응훈련이
끝나는 날까지만 들어주자 했다. 엄마 생각에 매몰차게 굴
수도 없었다.

"반지하는 아가씨가 살기에 좀 위험하지 않아?"

어쭙잖은 걱정은 사양하려 했다.

"우리 엄마가 살던 집이 있는데 비어있거든. 들어와서 살
래? 지금 사는 원룸 월세만큼만 받을게. 계속 비워두기도
뭐하고 남편한테 생활비 받는 게 마냥 편하지만도 않고. 쌍
둥이한테 맛있는 것 좀 잔뜩 해서 먹이고 싶은데. 취직을
하자니 너무 오래 쉬었고 모아놓은 돈도 없고. 어때? 들어
올래?"

어쭙잖은 걱정을 해주려면 저 정도 해결책은 제시하고 해
야지. 가은은 수다스럽고 외로운 집주인과의 인연을 계속
이어나가기로 했다. 집을 보고 많이 놀랐다. 집주인이 보여
준 집은 가은이 냉동된 뒤 엄마와 아빠가 잠시 살았던 빌라
의 다른 층이었다. 집주인에게 거기까진 얘기하지 않았다.

인연이 깊은 걸 알게 되면 더 가까워지길 기대할 테니까. 그렇지 않아도 너무 가깝지 않나 경계하던 참이었으니까.

집주인은 정기적으로 가은의 집을 찾아왔다. 양손 가득 밑반찬을 들고서. 가은이 내는 월세는 모두 밑반찬으로 돌려받고 있는지도 몰랐다. 가은을 위해 만든 것은 아닐 테다. 만들어놓긴 했는데 손대는 사람이 없을 게 뻔해서 가은의 냉장고에 떠넘기는 것일 테다. 음식 만드는 걸 멈출 수는 없을 테다. 서먹한 가족들과 지내는 집에서 그녀가 할 일은 그것뿐일 테니까.

집주인의 쌍둥이 남매는 대학에 입학하자마자 도망치듯 집을 나갔다. 남편과 오붓하게 사는 게 차라리 나을 것 같다고 생각을 했지만, 직장에서 은퇴한 남편은 등산이며 골프며 온갖 모임을 쫓아다니기만 했다. 집주인은 또다시 홀로 남겨졌다. 가끔 지난 선택을 후회하며 울었다.

"스스로 선택한 거잖아요. 나는 후회도 못 해요. 선택한 적이 없으니까."

가은의 자조 섞인 한탄은 집주인을 위로하기에 충분했다. 이러니저러니 해도 집주인에겐 가족이 있고 집도 한 채 있었다. 규선과 결혼하고 나면 가은에게도 집이 생기고 가족도 생긴다. 엄마가 바라던 게 이런 거였을까. 가은이 원하는 것도 이런 거였나.

겨우 이런.

엄마는 규선을 마음에 들어 할 것 같다. 이성적이고 바른 사람이니까. 엄마가 아니었다면 규선을 만날 일도 없었겠지. 서류상으로는 사십 년도 넘게 나이 차이가 나니까.

해동된 지 십 년이 지났다. 가은의 주위 사람들은 그녀가 냉동된 적이 있다는 걸 대부분 알고 있다. 대부분이 회사에서 알게 된 사람이고 회사에선 그 사실을 도무지 숨길 수가 없음으로. 관계가 오래 지속된 사람일수록 가은의 서류상 나이에 무디게 반응했다. 종종 잊기도 했다. 그래서 뭐 어쩌라고. 그게 특별해? 어른 대접해주길 바라는 거야? 규선도 그렇게 되길 바랄 뿐이다. 이젠 정말 물러설 곳이 없다.

"남편 될 사람은 직장 다니나? 어디? 나 한번 안 보여줄 거야?"

골치가 아프던 밤에 과일을 들고 찾아온 집주인이 물었다.

"거기. 우리가 만났던 거기요. 거기 다녀요. 거기."

"뭐? 정말?"

"네."

"뭐 이런 인연이. 우리 진짜 인연인가보다."

"왜요?"

"내 딸도 거기 다니잖아. 쌍둥이 딸. 나경이라고. 못 들어봤어?"

집주인이 발을 동동 구르며 호들갑을 떨었다. 가은의 얼굴이 새하얗게 식어갔다.

"저기. 언니."

"결혼식에 우리 딸이랑 같이 가게 되는 거 아니야? 처음인데. 밖에서 딸이랑 만나는 거. 아휴. 떨려라. 긴장된다. 응?"

"제가 아직 말을 못 했어요."

"뭘?"

"냉동된 적이 있다고."

"응? 정말? 왜 아직도?"

"이제 하려고요. 이제 정말 해야 해요. 그러니까…."

집주인을 바라보는 가은의 눈동자가 미세하게 떨렸다.

"아. 걱정 마. 우리 딸, 나랑 말도 안 섞잖아. 잘 만나주지도 않는데 뭘. 다 알면서 그래. 말 안 해. 아니, 못해."

집주인이 손으로 입을 가리며 호호호 하고 웃었다. 가은은 더 늦기 전에 스스로의 입으로 사실을 털어놓아야겠다고 생각했다. 시간이 많이 남아있지 않았다.

13.

엄마가 돌아온 건 고등학교 입학식을 이틀 앞둔 날이었
다. 엄마는 남의 집에 온 사람처럼 쭈뼛쭈뼛했다. 아빠는 누
구의 입학식에 가야 하나 고민할 필요가 없어서 좋다며 허
허 웃었다. 아빠 옆에 선 엄마는 젊었다. 그럴 수밖에. 아빠
는 칠십이 다 되어가니까. 엄마는 대체 몇 살인 걸까. 사십
대 후반에 냉동되었으니 사십 대인 걸까. 그로부터 십칠 년
이 지났으니 육십 대라고 해야 할까.

엄마는 소파에 반듯하게 앉은 채로 어쩔 줄 몰라 했다.
무려 십칠 년이 지났다. 어떤 이유를 갖다 붙여도 쉽사리
극복하긴 어려운 시간이다. 나훈은 어색한 공기를 견디지
못하고 자리를 박차고 일어섰다.

"오빠."

나경이 나훈의 소매를 간절하게 부여잡았다. 아빠는 헛기침을 하며 나훈을 올려다보았다. 뭐야. 그런 거였어? 나만 엄마가 어색한 게 아니었어? 모두 엄마와 한 공간에 갇혀있는 게 불편했던 거다. 나훈은 인심 쓰듯 바닥에 엉덩이를 붙이고 앉았다. 평소엔 나훈과 멀찍이 떨어져 앉던 나경이 나훈 옆에 바짝 붙었다. 나훈과 나경은 엄마를 마주 보는 자리에 나란히 앉았다. 아빠가 굳이 거기에 앉으라고 시킨 것이다. 엄마는 내내 감격한 얼굴로 나훈과 나경의 얼굴을 번갈아 가며 훑었다. 엄마는 십칠 년 전에 나훈과 나경을 낳았다. 십칠 년 동안 사라졌던 엄마가 십칠 년 만에 십칠 년 전과 같은 모습으로 나타난 것이다. 별로 친하지도 않은 친척이 오랜만에 방문한 것처럼 어색한 침묵이 지속되었다. 의무적인 인사와 덕담을 주고받은 뒤 적당한 시간이 흐르면 누가 먼저랄 것도 없이 엉덩이를 털고 일어나 뒤돌아설 수 있는 자리가 아니었다. 오늘부터 엄마와 한집에서 계속 같이 살아야 한다. 다음에 또 만나자고 맘에 없는 소리를 하며 헤어질 수 있는 사이가 아니었다.

"외식할까? 외식?"

아빠도 어색한 기류를 더 견디기가 힘든 모양이다.

"방금 점심 먹었는데 무슨 외식이야."

나훈이 투덜거리자 엄마의 얼굴이 붉어졌다.

"그렇지? 아직 배고플 시간이 아니지? 허허."

토요일 오후 평범한 가정은 텔레비전도 틀지 않은 채 서로의 얼굴만 멀뚱멀뚱 쳐다보며 거실에 둘러앉아 있진 않을 것이다. 열일곱 살이 되면 엄마가 돌아올 거란 얘기는 어렸을 적부터 듣고 자랐다. 나훈에겐 그 말이 동화처럼 들렸다. 팅커벨이나 산타 같은. 현실엔 없지만, 가슴 속에 품고 있으면 좋은 존재들 같은. 그래서인지 아빠는 너희들이 열일곱 살이 되면 엄마가 돌아올 거란 말로 한 해를 시작했고 생일날에 다시 한번 그 말을 되풀이해주었다. 너희들에겐 엄마가 없는 게 아니라고, 엄마는 너희들을 남겨두고 죽은 게 아니라고, 너희들을 버리고 도망간 것도 아니라는 말도 덧붙였다. 하지만 엄마의 품에 안겨본 기억조차 없는 나훈에겐 죽거나 도망가 버린 엄마와 하나 다를 것이 없었다. 나훈에게 엄마는 없는 사람이었다. 엄마는 조용히 일어나 아빠를 붙잡고 무어라 속삭였다.

"아기 때 얼굴이 그대로 남아있다는구나."

아빠가 엄마의 말을 대신 전했다. 잔뜩 긴장한 얼굴로 나훈과 나경의 얼굴을 훔쳐보았다. 엄마는 입이 없어? 나훈은 엄마와 한 공간에 있어야 한다는 사실만으로도 짜증이 나서 견딜 수 없었다. 엄마는 아빠와 바람이 난 아줌마처럼 행동했다. 진짜 엄마를 내쫓고 들어와 엄마라고 불러줬으면 하

고 은근히 바라는 사람 같았다. 이 집에서 우리를 낳기 전
까지 살았다면서. 세월의 흔적이 가득한 가구들 모두 엄마
가 직접 고른 거라면서. 우리가 아빠랑 살아온 시간만큼 엄
마랑 아빠도 함께 살았다면서. 엄마가 우리를 낳았다면서.
아니야? 다 거짓말이야? 엄마는 정말로 죽거나 도망간 거
야? 아빠가 우릴 속이고 있는 거야? 새엄마와 문제 일으키
는 게 싫어서 거짓말을 하고 있는 거야? 십칠 년씩이나 우
리를 속인 거야?

  아니. 그건 아닐 거다. 불편한 얼굴로 아빠 옆에 서 있는
사람은 분명 엄마가 맞다. 오래된 사진들이 엄마의 존재가
거짓이 아님을 증명해주었다. 갓 태어난 나훈과 나경을 안
고 웃고 있던 사람이 눈앞에 있다. 외할머니가 돌아가시기
전까지 품고 다녔던 사진 속 여자가 눈앞에 있다.

  "엄마 너무 미워하지 말거라. 내 딸, 우리 주원이, 너희를
끔찍이 생각해서 한 일이다. 너희들을 위한 일이라면 뭐든
했을 사람이야."

  외할머니는 그렇게 그리워하던 딸을 결국 다시 만나지 못
하고 돌아가셨다. 이 년 전 겨울이었다. 잠결에 엄마의 이름
을 중얼거리며 허공을 가르던 외할머니의 비쩍 마른 손을
기억한다. 구석에서 엄마의 사진을 몇 시간이고 바라보며
눈물을 훔치고 앉아있던 외할머니의 구부러진 등도 기억한

다. 외할머니는 심장이 고장 나서 갑자기 세상을 떠났다. 말
도 없이. 인사할 겨를도 없이. 외할머니의 발인을 앞두고 엄
마를 깨우면 안 되냐고 물었지만, 아빠는 그건 그렇게 간
단한 일이 아니라고 대답하며 나훈을 달랬다. 그럼 그렇게
간단하지 않은 일을 갓 태어난 우리를 버리면서까지 선택했
던 이유는 뭔데? 할머니가 떠나는 길조차 배웅하지 못할 정
도로 중요했던 거야? 아빠가 엄마에게 외할머니가 잠들어있
는 곳을 알려주지 않았으면 좋겠다. 엄마는 우리를 버렸고
외할머니도 버린 거다. 별로 중요하지도 않은 문제로.

불편한 동거가 시작되었다. 이상적인 4인 가족의 모습을
갖추게 되었지만 나훈이 느끼기에 이건 정상이 아니었다.
엄마는 그간의 공백을 한꺼번에 메우려고 작정한 사람처럼
굴었다. 바닥은 먼지 한 톨 찾기 어려울 만큼 반질거렸고
집에는 언제나 음식 냄새가 풍겼다. 엄마는 모를 거다. 엄마
가 없을 때도 집은 언제나 단정하고 깔끔했다는 걸. 아빠와
나훈, 나경 모두 아침은 우유 한 잔과 사과 한 쪽이면 충분
하도록 길들어졌다는 걸. 점심, 저녁은 모두 회사와 학교에
서 각자 해결하고 돌아온다는 것도. 엄마가 없어도 잘 살
수 있다는 것을.

엄마 때문에 일찍 집에 가고 싶지 않았다. 야간 자율학습
을 하루도 빼먹지 않았다. 나경도 가능한 한 늦은 시간까지

학교에 머무르다 돌아왔다. 둘이 그 문제를 툭 까놓고 얘기해 본 적은 없다. 얘기해봤자 달라질 게 아무것도 없다는 걸 잘 알고 있었다. 엄마를 향한 마음이 저절로 열리길 기다리는 수밖에 없지만 그런 날은 오지 않을 것 같았다.

아무도 손대지 않을 음식을 애써 만드는 이유를 좀체 모르겠다. 음식 냄새가 사람 사는 냄새라고 착각하는 거 같다. 음식 냄새는 그냥 음식 냄새일 뿐이다. 아무도 먹지 않을 음식이라면 더더욱. 엄마는 이 어색한 공기가 시간이 지나면 환기될 거라고 믿었다.

몇 번의 계절이 바뀌었다. 구석구석 배여 버린 음식 냄새는 사라지지 않았다. 엄마는 슬금슬금 다른 엄마들처럼 굴기 시작했다.

"아침엔 밥을 먹어야지. 그래야 키가 커."

우유와 사과로 아침을 때우며 살아온 십칠 년을 멋대로 무시했다.

"시험 기간이었지? 성적은? 성적표는 어디서 확인하니?"

엄마 덕에 성적이 많이 올랐다. 야간 자율학습 출석률은 100%였고 주말엔 도서관으로 피신 가듯 도망쳤으니까. 그렇다 해도 주제넘은 참견이란 사실은 변하지 않는다. 엄마가 한 일은 우리를 낳은 것뿐이니까. 정작 엄마가 필요했던 시절엔 편안히 누워만 있었던 주제에.

십칠 년! 십칠 년이라고!

엄마의 입장에선 찰나의 시간이었는지도 모른다. 그저 눈을 감았다 뜬 것뿐일 테니까. 열일곱 살이 되어버린 쌍둥이와 일흔이 다 되어가는 남편을 만나고서야 세월이 많이 지났음을 실감했을 테니까. 제일 싫은 건 나훈과 나경이 엄마의 존재를 강렬히 부정하고 있음에도 한낱 사춘기의 반항으로 가벼이 치부하는 것이었다. 눈치가 없는 건지 모르는 척을 하고 있는 건지 원래부터 속이 편한 사람인 건지. 싫다. 너무 싫다. 엄마가 진짜 싫다.

엄마는 쌍둥이를 낳자마자 냉동 인간이 되었다. 누가 시켜서 그런 게 아니다. 그럴 수밖에 없었던 질병이 있었던 것도 아니다. 그저 너무 늦은 출산으로 쌍둥이가 일찍 부모를 잃게 될까 걱정이 되었단다. 웃기시네. 엄마는 그저 쌍둥이가 버거웠던 거야. 아이를 가지고는 싶었지만 키울 자신이 없었던 거야. 외면하고 싶었던 거야.

엄마가 없었으므로 할머니와 외할머니의 삶이 힘들어졌다. 쌍둥이를 돌보느라 몸 성할 날이 없었다. 결국 우리는 할머니를 죽이고야 말았다. 할머니는 우리를 목욕시키다 바닥에 미끄러졌고 변기에 머리를 부딪쳤다. 저녁 준비를 하던 외할머니가 서둘러 구급차를 불렀지만, 할머니는 그날 밤을 넘기지 못했다.

엄마는 또 다른 구차한 핑계를 만들어냈다. 늙은 엄마 때문에 우리가 곤란해지는 것도 싫었단다. 우리가 엄마를 부끄러워할까 봐 두려웠단다. 엄마가 없는 것보단 늙은 엄마라도 있는 게 나을 거란 생각은 해보지 않았을까. 엄마가 만들어낸 핑계는 모두 엄마를 중심으로 만들어졌다. 우리의 입장은 하나도 고려하지 않은 채로. 나훈은 벌어져 버린 엄마와의 사이가 영영 좁혀지지 않을 거라고 확신했다. 엄마는 이기적이었고 여전히 이기적이니까.

엄마의 소원은 다 이루어졌다. 고등학생 자녀를 둔 사십 대 여자는 그 애들이 성인이 되고 늙어가는 모습을 오래도록 곁에서 지켜볼 수 있을 것이다. 평균수명까지 살아낼 거라 장담할 수 있다면. 하지만 그 애들이 태어나 열일곱이 되도록 자라는 모습을 지켜볼 기회는 놓쳐버렸다. 그간의 부재로 그 애들에겐 엄마가 그다지 필요하지도 않게 되었다.

14.

며칠째 똑같은 악몽을 꿨다. 드넓은 광장 한복판에 홀로 서서 바늘 같은 장대비를 오롯이 맞았다. 누가 지키고 서 있는 것도 아니었는데 꼼짝도 안 하고 서 있기만 했다. 빗방울에 살갗이 찔려 온몸이 벌겋게 부어올랐지만 도망칠 수 없었다. 벌을 받는 중이니까. 참고 있던 신음을 짧게 뱉고 나면 눈이 번쩍 뜨였다. 기연은 땀에 흠뻑 젖은 몸을 씻어낼 기력이 없었다. 축축해진 이불 위에 오래도록 앉아 벽에 걸린 달력을 하염없이 바라보았다.

마침내 그날이 오고야 말았다. 오십 년은 손쓸 틈도 없이 빠르게 지나갔다. 사느라 바빴다. 살다보니 조금씩 잊혀졌다. 모조리 잊을 수 있었다면 좋을 텐데 가끔씩 생각이 났다. 차라리 죽어버리지. 그런 인간이 돌아온다니 끔찍했다.

피를 나눈 동생이라는 게 소름 끼치도록 싫었다. 아주 오랜만에 그 집에 갔다. 아들이 원한다면 껌뻑 죽는시늉까지 했던 엄마의 집. 돌아오기로 예정된 날이 정확히 언제였는지 기억나지 않는다. 엄마가 죽기 전까지 몇 번이고 되풀이해 말해주었는데도 잊어버렸다. 일부로 기억하지 않은 거 같다. 이즈음이라는 것만 어렴풋이 기억날 뿐이다.

우편함에 현관문 비밀번호를 적어놓은 쪽지를 고이 접어 숨겨두었다. 이 지독한 연을 여기서 끊자. 나한테 너는 없는 사람이고 너에게도 나는 없는 사람이다. 그러니 누나를 찾아올 생각은 하지도 말라고 덧붙여 쓰려다 말았다. 덩그러니 적혀있는 비밀번호 여섯 자리만으로 충분히 전달될 듯했다. 그저 글자일 뿐이라도 한마디도 섞고 싶지 않았다.

엄마가 남겨둔 집은 기연이 사는 집보다 다섯 배쯤 넓었다. 은행에 맡겨둔 돈은 얼마나 되려나. 엄마는 혹여 기연이 그 돈에 손을 댈까 봐 은행의 개인금고에 기한의 이름으로 전부 맡겨두었다. 집의 명의조차 기한 앞으로 바꿔놓았다. 엄마의 결정은 옳았다. 기연에게 맡겨두었더라면 진작 다 없어졌을 돈이었다. 귀가 얇은 데다 무모하기까지 한 사람 옆에는 사기꾼이 꼬인다. 남편은 잘 알지도 못하는 사람들을 따라다니며 대책 없이 일을 떠벌이다 갚지 못할 빚더미만 잔뜩 남겨두고 창밖으로 몸을 던졌다.

남편이 죽자 오히려 삶이 가벼워졌다. 상속 포기신청을 해서 빚으로부터 자유를 찾았다. 그때 딸은 고2 아들은 중2였다. 애들도 이제 공부에만 집중할 수 있겠지 했다. 집을 시끄럽게만 만들던 사람이 사라졌으니까. 남편은 모아놓은 돈을 밖으로 나르기만 했지 제대로 벌어준 적도 없었다. 기연은 그저 지금처럼 아홉 시에 출근하고 여섯 시에 퇴근하는 삶을 지속하면 되었다. 까먹는 사람이 없으니 차곡차곡 목돈도 마련할 수도 있겠다는 희망이 기연을 웃게 했다. 하지만 남편이 죽고도 기연의 인생은 똑같이 피곤하기만 했다. 달라진 건 꼴 보기 싫은 인간 하나가 사라졌다는 것뿐. 벌을 받는가 보다 생각하면 견디기 쉬웠다.

버려진 아이를 다시 버린 적이 있었다. 그게 벌써 오십 년 전 일이다. 둘째 아이를 출산하기 직전이었다. 거두어주지 못한 그 아이가 가슴에 콕 박혔다. 제 자식이 아닌데도 그랬다. 술을 진탕 마시고 쓰러져도 그 아이의 얼굴이 선명하게 떠올랐다. 동생의 딸, 차선. 기연은 차선을 내다 버렸다. 먹고살기 어려웠다는 핑계로도 용서받긴 어렵겠지.

오십 년 전 그날, 윤정은 눈동자가 검고 큰 아이를 안고 집에 들이닥쳤다.

"애가 누구 팔자를 망치려고 자꾸 이래?"

엄마는 뒤로 넘어가기 일보 직전이었다.

"기한이 딸이에요."

윤정이 아이를 내밀었다.

"그걸 나보고 믿으라는 거야? 어디 가서 사고 쳐놓고 왜 남의 귀한 아들한테 덤탱이야?"

엄마는 윤정을 내쫓다시피 문밖으로 거칠게 밀어냈다. 윤정의 품에 두부처럼 말랑해 보이는 희고 작은 아이가 안겨 있는데도 거침없었다. 그 아이의 눈이 동생과 꼭 닮았는데도 그랬다. 엄마는 윤정의 말을 믿지 않았다. 믿고 싶지 않아 했다. 엄마의 착한 아들이 그랬을 리 없다고 생각했다.

"뭐야? 이게 다 무슨 소리야?"

현관문 밖에서 아이 우는 소리가 들려왔다. 기연은 엄마에게 돈 문제로 아쉬운 소리 좀 하려고 집에 들른 참이었다.

"넌 몰라도 돼. 이상한 년 하나가 우리 기한이한테 들러붙어선. 아무튼 계집애들이 문제야. 문제라고."

평생 저런 말을 듣고 자랐다. 계집애, 계집애. 엄마도 계집애면서. 계집애가 문제라니. 엄마는 냉수를 벌컥벌컥 들이켜곤 가슴을 쾅쾅 내리쳤다.

"기한이 딸이야?"

기연이 재차 물었다. 기한의 딸인지 아닌지 확인할 필요가 있었다. 그건 중요한 문제니까. 기한은 이미 냉동되어버렸다. 그 아이를 윤정더러 혼자 책임지라고 할 수는 없었다.

"아니야! 아니라고! 기한이가 아니랬어!"

"확실해?"

엄마가 꽉 쥔 주먹을 파르르 떨며 날 선 눈으로 기연을 쏘아보았다. 그제야 모든 것이 단번에 이해되었다. 동생이 냉동 인간이 되어야겠다고, 오십 년 뒤에 깨어나게 해달라고 명령조로 말했을 때 길길이 날뛰며 반대했던 엄마였다. 그것만 아니면 뭐든 들어주겠다고 손이 발이 되도록 빌던 엄마였다. 어째서 갑자기 마음을 바꾼 건지 내내 궁금했는데 바로 저거였다. 아들 인생이 발목 잡힐까 봐 미래로 도망을 보내버린 거다. 기연이 둘째를 임신하고 있을 무렵이었다. 밖에서 들려오던 울음소리가 옅어졌다. 기연은 대충 슬리퍼에 발을 꿰고 윤정을 뒤쫓았다. 휘적휘적 걸어가는 윤정의 뒷모습에 눈물이 핑 돌았다. 기연은 윤정을 데리고 근처 카페로 갔다.

동생이 냉동되고 난 뒤에야 동생이 그간 무슨 짓을 저지르고 다녔는지 알게 되었다. 동생은 이상한 꿈을 자주 꿨다. 꿈을 꾼 다음 날이면 묘한 얼굴로 사람들을 훑었다. 주로 꿈에 나온 사람들 앞에서 그랬다. 막상 들어보면 그리 대단치도 않은 꿈이었다. 별로 대단치도 않은 일이 정말로 일어난다는 게 신기했을 뿐. 그 꿈을 가지고 동생은 윤정을 저

지경으로 만들어놓은 모양이었다.

"저는 단지 두려웠어요. 계속 취업에 실패하는 게. 앞으로도 계속 실패할 거 같다는 게. 합격을 장담할 수 없다는 게. 그래서 기한의 제안을 받아들였어요. 무슨 꿈을 꾼 건지 정말로 알고 싶었어요. 그 꿈이 지름길로 안내해줄 거라고 장담했어요. 기한이 그렇게 말했으니까요."

윤정이 아이의 손을 살포시 쥐며 웃었다. 부들부들 떨리던 윤정의 몸이 아이의 온기에 평온해졌다. 윤정은 결국 지름길을 찾지 못했다. 동생이 꿨던 꿈은 윤정을 지름길로 안내한 게 아니었다. 꿈이 완벽히 이루어지긴 했다. 윤정은 공항으로 떠나는 리무진을 탈 수밖에 없었으니까. 동생은 윤정이 나체로 서 있는 동영상을 몰래 찍었다. 그걸 학교 후배들과 돌려보았다. 겨우겨우 졸업은 했지만, 한국에서는 더 살 수 없을 것 같았다. 모두가 윤정을 보며 쑥덕이는 것 같았으니까. 측은하게 쳐다보는 것 같았으니까. 비웃는 것도 같았으니까. 입방아 질 당하고 있다는 생각에 견딜 수가 없었다. 윤정은 고모가 살고 있는 미국으로 떠났다. 윤정을 알고 있는 사람들이 세상에서 모두 사라지면 돌아올 작정이었다. 그렇게 끝이 나면 좋았을 텐데. 떠나기만 하면 다 끝날 줄 알았는데. 지우고 싶은 한순간이 영원히 지울 수 없는 생명을 증거로 남겨버렸다. 윤정의 배 속에 아이가 들어선 것이다. 굳은 마음을 먹고 떠난 미국에서 다시 돌아올 수밖에 없었던 이유였다.

"이 아이 좀 맡아주세요. 혼자서 이 아이를 낳았어요. 부른 배를 더 이상 숨길 수가 없어서 고모 집에서도 나왔어요. 부모님께 알리고 싶지 않거든요. 얼마나 실망하시겠어요. 자식이라곤 저 하나뿐인데. 딸 하나 잘 키워보겠다고 미국까지 보내서 공부도 시켰는데. 제가 자리를 잡으면, 취직도 하고 돈도 많이 벌어서 혼자 이 아이를 감당할 수 있을 때, 그때 다시 데리러 올게요. 네?"

기연은 엄마를 잘 알았다. 절대로 이 아이를 받아줄 사람이 아니었다. 게다가 이 아이는 엄마가 계집애라고 낮추어 부르는 딸이니까. 하마터면 이 아이도 냉동시키는 게 어떻겠냐고 윤정에게 말할 뻔했다. 빌어먹을 동생이 깨어나는 날 동시에 깨우자고. 무슨 짓을 저질렀는지 두 눈으로 확인시키자고. 책임지게 하자고.

웬 여자 꿈을 꿨다며 오십 년 후로 가야만 한다고 어린애처럼 생떼를 쓰던 동생이 떠올랐다. 역겹다. 이 아이가 무슨 죄가 있다고. 오십 년이나 기다려 아빠라는 작자와 대면시킬 생각을 하다니. 동물보다 못한 자식에게 이 아이를 맡길 순 없었다. 진짜로 무슨 꿈을 꾸긴 꾼 건지. 책임지고 싶지 않아서 그냥 도망간 건 아니었는지. 모든 게 의심스러웠다.

한 사람의 인생을 망쳐놓고. 책임질 생각도, 대책도 없이 생명 하나를 만들어 놓고. 진짜로 도망가고 싶은 건 윤정일 거다. 인간말종. 비겁한 새끼.

막달이라 요의가 잦았다. 잠시 화장실에 다녀왔더니 윤정이 떠나고 없었다. 의자 위에 아이를 눕혀놓은 채로. 밖으로 쫓아 나가 주변을 다 살펴보았지만 윤정의 흔적은 아무 데서도 찾을 수가 없었다.

"이게 뭐야!"

엄마가 노발대발 날뛰며 기연의 뺨을 후려쳤다. 기연은 품에 안은 아이를 떨어뜨릴까 봐 두 다리에 힘을 꽉 주고 버텨야 했다.

"누구 팔자를 망치려고 그래? 네가 그러고도 누나야? 미쳤어? 미친 거야?"

"그건 윤정이가 우리한테 해야 했던 말 아니야? 엄만 대체 누구 팔자를 망치려고 그래? 왜 남의 집 귀한 딸 팔자를 망치려 드는 거냐고!"

엄마의 얼굴이 순식간에 서늘해졌다.

"난 모르는 일이다. 네가 알아서 해. 계집애가 세상 무서운 줄 모르고 멋대로 몸 굴린 벌이지. 네가 데리고 왔으니까 네가 처리해."

엄마는 윤정에게 그랬던 것처럼 기연을 내쫓다시피 문밖

으로 밀었다. 기연의 자궁 안에 탯줄과 연결된 아이가 있다는 걸 뻔히 알면서도 그랬다. 기연의 품에 기한과 꼭 닮은 아이가 안겨있는데도 그랬다.

짝이 다른 신발을 신고 나왔다는 걸 깨달았을 때에야 정신이 번쩍 들었다. 이 아이를 어쩌지…. 막막했다. 이 아이까지 기연이 키울 순 없었다. 기연의 살림은 넉넉지 않았다. 남편은 사업을 한답시고 여기저기 쫓아다니기만 했고 생활비를 쥐여준 적도 거의 없었다. 모아놓은 돈은 진작 다 떨어졌다. 엄마에게 좀 도와 달라 말하려고 여기까지 온 거였는데. 곧 둘째가 태어난다. 돈이 들어갈 곳이 많을 거다. 첫째 아이를 굶기지 않는 게 다행일 정도였다. 엄마 집에서 이것저것 몰래 가지고 와서 아이를 먹였다. 이제 그마저도 불가능하게 된 것 같지만. 기연은 자신의 아이들을 지켜내야 했다.

보육원에 윤정의 딸을 맡겼다. 차선이라는 이름은 보육원의 원장이 지어주었다. 가끔 아주 가끔 악몽을 꾸는 날에 아이를 찾아갔다. 다행이라고 해야 할까. 아이는 밝게 자랐다. 순간순간 낯빛이 어두워지곤 했지만 그건 어쩔 수 없는 일이니까. 가끔씩 찾아간 것 빼곤 아이를 위해 한 일도 없는데 아이는 기연을 고모라고 부르며 잘 따랐다.

그 아이가 벌써 오십이 된 거다. 아이의 아버지가 돌아오는 해가 되었으니. 윤정의 소식은 들은 적 없다. 그 뒤로 한 번을 찾아오지 않았다. 이해한다. 한번 망가진 인생은 회복하기가 어려우니까.

15.

"날 받아왔다."

시어머니가 숫자가 휘갈겨진 종이를 내밀었을 땐 반쯤은 농담일 거라 생각하고 웃었다. 순식간에 싸늘해지는 그 얼굴을 보고서야 웃음을 거두고 공손히 종이를 건네받았다.

"그게 제 마음대로 되나요."

"요즘 세상에 안 될 일이 또 어디에 있어."

"하지만."

"나 좋으라고 이러는 거 아니잖니. 내 살날이 얼마나 남았다고. 니들 편히 살라고 그러는 거지. 조심해서 나쁠 것도 없지 않냐. 무탈하게 살면 그게 복이지. 뉴스 좀 봐라. 사건·사고가 얼마나 많아. 내 주변만 해도 그래. 몸 성하게 사는 게 보통 일인 거 같아도 절대 안 그렇다. 너희 둘 궁합도 엉망이라는데. 너도 자식 낳아봐. 내가 왜 이러는지 말하지 않아도 다 알 거다. 이왕 가정을 꾸린 거 잘살아야지. 엉망이 되도록 손 놓고 있을 참이야? 다음에 병원에 가거든 꼭 그날에 애 받아달라고 말해. 요즘엔 안 되는 거 없다고 하니까."

배속의 아기가 다 듣고 있을지도 몰랐다. 윤정은 공연히 배를 문지르며 위로를 건넸다. 아이를 달래기 위함인지 차오르는 서러움을 다스리기 위함인지 알 수는 없지만. 훗날 아이가 저 말이 무슨 뜻이었냐고 물어보면 뭐라고 대답해줘야 할까. 다 너를 위한 일이니, 이해하라고 인생이 고달픈 것보단 지루한 편이 낫지 않느냐고 시어머니처럼 말해주는 게 좋을까. 시어머니의 마음을 모르는 것도 아니다. 엄마니까. 엄마는 그럴 수 있다. 불쑥불쑥 찾아와 얼굴을 들이미는 것도 엄마니까 그러는 거겠지 하고 이해하고 있다. 이사를 가든 비밀번호를 바꾸든 뭐라도 해야 하지 않을까 생각하면서도 남편이 불편해하는 것 같지 않아 참았다. 윤정이 시어머니에 대한 불만을 토로하면 남편은 자리를 피했다. 소란을 싫어하는 남편은 누구의 편에도 서지 않기로 한 듯 중립을 지키기만 했다.

"요즘 같은 세상에도 그런 사람이 있나 싶죠? 의외로 많아요."

의사가 태아의 상태를 살피며 표정 없이 말했다. 시어머니의 말을 무조건적으로 따르지 않아도 된다고 말해주면 좋았을 텐데. 혐오스런 뉘앙스라도 풍겨줬다면 의사가 반대하는 것 같다고 넌지시 말해볼 수도 있었을 텐데. 시어머니가 오래도록 믿고 의지했다는 무속인의 말이 온 집안의 대소사를 좌우했다. 문제는 그 듣도 보도 못한 무속인의 말에 윤정도 혹하기 시작했다는 것이다. 둘이 결혼한 순간부터 자갈밭을 맨발로 걸어가는 팔자가 될 거라는 무속인의 예언이 맞아떨어지고 있는 것 같으니까.

시어머니는 자연분만이 가능한 아이를 굳이 제왕절개로 꺼내라고 했다. 무속인은 아기가 태어나야 할 날짜와 시각까지 정해주었다. 다행이랄지 예정일보다 보름 빨랐다. 조언과 위로를 구할 겸 출산 경험이 있는 친구에게 사정을 털어놓았는데 자연 분만을 고집하는 시댁어른들 성화에 애 낳다 황천길 건널 뻔했다는 무용담만 돌아왔을 뿐이다. 먼저 제왕절개를 추천하다니, 복 받은 줄 알라나 뭐라나. 아무도 윤정이 듣고 싶은 말은 해주지 않아 외로웠다.

생각해보면 시어머니 말이 다 맞기도 했다. 남편이 끽소리 없이 듣고만 있는 것도 그 때문이지 않을까. 다 너희 잘되라고 이러는 거지 뭐 하러 내가 돈 써가며 시간 버리며

111

쫓아다니겠니. 수시로 읊어대던 그 말이 죽어라 듣기 싫었는데 익숙해진 건지 설득당한 건지 이젠 아무렇지도 않았다. 시어머니를 보며 모성애에 대해 생각할 때가 많다. 사랑에 중간이 있을까. 넘치는 마음을 굳이 눌러야 할까. 어떤 엄마가 되어야하는 건지 잘 모르겠다. 간섭과 사랑을 구분지을 수 있을까. 임신을 알렸을 때도 시어머니는 언짢음을 숨기지 않았었다.

"대책도 없이 덜컥 애부터 가지면 어째. 요즘 애들 같지 않게 왜 그러는 거야. 모든 일에 앞서 계획을 세워야지."

시어머니는 엉덩이를 들썩거리다 식사도 채 마치지 못하고 곧장 무속인에게로 달려갔다. 계획에 없던 임신도 아니었다. 결혼 후엔 자연스레 찾아오는 아기를 기다리자고 말을 맞추었다. 시어머니에게 임신계획까지 소상히 보고해야 하는 줄은 몰랐다. 끝없는 실망을 감추지 못하던 시어머니 앞에서 윤정은 섭섭함을 느낄 수도 없을 정도로 당황했다. 어쩔 수 없다고 생각은 한다. 한평생 살아온 방식이 그리 쉽게 바뀔까. 몇 배로 증폭될지 모를 불안을 함께 짊어질 자신이 없다면 타인이 고수하는 삶의 방식에 입을 대어선 안 된다. 어떻게 해도 변하지 않을 거라면 애초에 갈등을 만들지 않는 편이 현명하다. 시어머니의 말이라면 고분고분 따르게 된다. 이렇게까지 수그러드는 스스로가 가엾다

가도 웃겼다. 벌을 받는 거겠지, 죄를 지었으니까. 자식을 버린 대가는 평생 치를 참이었다. 시어머니의 뜻을 딱히 거스를 생각도 없었다. 좋은 게 좋은 거다. 시어머니와 보내는 시간이 편하지 않을 뿐이다. 시어머니도 어떤 의도를 가지고 자꾸 찾아오는 건 아니라고 생각한다. 자주 만나면 서로 편해질까 하는 기대도 일말 깔려있을 것이다.

"이것도 안 넘어가니. 뭐라도 좀 먹어야 할 텐데."

시어머니의 축하는 무속인이 새로운 예정일을 지정해준 뒤에야 받을 수 있었다. 입덧이 심한 윤정이 먹을 수 있는 몇 안 되는 음식을 부지런히 만들어 나르는 시어머니의 태도에 상한 마음은 금세 누그러졌다. 언젠가 시어머니가 꼴도 보기 싫어지는 날이 오기도 할까. 그렇게까지 싫어져 버린 사람이 다신 좋아질 가능성은 없다고 한다. 좋고 싫음의 경계가 희미할 때 좋아하는 마음을 많이 축적해두어야 한다.

시어머니는 무속인에게 윤정을 데려가려 애썼다. 얼굴만 보이면 된다고 그렇게까지 무서워하지 않아도 된다며 설득했지만, 무속인과 직접 마주 보는 일만은 피해야 했다. 무속인에겐 단번에 모든 걸 들킬 것 같았다. 결혼은 처음이지만 출산은 처음이 아니다. 실오라기 하나 걸치지 않은 몸을 찍힌 사진을 본 사람도 많다. 그 모든 걸 숨겨야만 했다. 씻을 수 없는 죄는 들추어져선 안 된다. 윤정의 가족은 그런 일이 있었는지 전혀 알지 못한다. 남편과 시어머니는 더더욱 알아선 안 된다. 기한의 가족들만 피하면 과거의 일은 영원히 파묻을 수 있을지 모른다. 우연이라도 만나지 말아야 한다. 기한은 반쯤 죽은 사람이 되었다. 자발적인 결정이었다고 한다. 비겁하지만 그 멍청한 선택이 윤정을 살렸다. 기한이 어디선가 멀쩡히 돌아다니고 있다는 생각만으로도 아찔하다. 그때처럼 찾아와 깽판을 칠까. 되지도 않은 협박으로 미쳐버리게 만들까.

기한은 윤정에게 자주 좋아한다고 말했다. 윤정이 느끼기에 그 고백엔 일말의 진심도 섞여 있지 않았다. 기한이 왜 그렇게 윤정에게 집착했는지 모르는 것도 아니다. 그때는 서로가 필요했다. 나 말고도 학교에 남겨진 인간이 있다는 사실이 묘한 안도감을 가져다주었다. 기한보다 먼저 학교를 탈출해야 한다는 압박감이 무기력을 이겨내게도 했다. 윤정의 눈동자가 기한을 끊임없이 쫓은 건 저런 인간과 동급으로 분류되고 말았다는 현실을 외면하지 않기 위해서였다. 포기하지 않고 한발 더 나아가기 위해 직시해야 했다. 자신과 하나 다를 것 없는데도 태평해 보이는 기한이 얄미워 보이는 순간도 많았다. 느긋한 성격 탓일까. 집안이 부유한가. 이것도 저것도 아니라면 정말 뭔가를 알고 있는 게 아닐까.

자신의 앞날을 다 알고 있는 걸까. 기한은 특이한 꿈을 꿨다. 그런 걸 두고 예지몽이라고 말하는지는 모르겠다. 그 입에서 나오는 말은 거짓일 때가 많았고 어쩌다 한 번씩 기가막히게 들어맞을 때면 한껏 우쭐해 하며 가장 높은 곳에서 세상을 내려다보는 존재라도 되는 것처럼 굴었다. 그 한순간 때문에 윤정의 인생도 나락으로 굴렀다. 기한에게 놀아난 것보다 더 최악이 있을까.

"말해. 네가 원하는 거 다 들어줬잖아. 나 어느 회사에 취직하는 거야? 취직이 되긴 되는 거야?"

"바보냐. 내가 언제 네가 취업하는 꿈을 꿨다 그랬어? 그냥 미래의 어느 한순간을 봤다고 했지."

"그러니까 그게 뭐냐고!"

"몰라. 어딜 가던데. 외국인가."

"장난쳐?"

"미리 알아서 뭐 할 건데? 네가 미리 알든 모르든 어차피 전부 일어날 일이야. 기다리다 보면 저절로 다 알게 된다고. 살아만 있다면 말이야. 뭘 바꾸고 싶어 그러는 건가? 머리가 나쁜 거야 순진한 거야? 사람은 미래를 바꿀 수 없어. 그게 네 한계이고 운명이니까. 받아들여."

너무 어이가 없어 말없이 돌아설 수밖에 없었다. 그 뒤로 윤정을 대하는 기한의 태도가 완전히 바뀌었다. 윤정과 말을 섞어주려 하지도 않았다. 기한이 꿨다는 꿈에 우리의 아기가 태어나는 장면은 없었던 걸까. 기한은 먼 훗날로 도망쳤다. 윤정과 아기가 바짓가랑이를 잡고 늘어질까 봐 몸을 피했다.

"너는 자식을 둘 볼 거라는데 내 아들 사주엔 자식이 하나뿐이더구나. 네가 내 아들을 말려 죽일 사주래. 애초에 결혼을 반대한 건 그 때문이었는데. 그러니 꼭 그날에 아이를 낳도록 해. 그래야 내 아들도 네 자식도 길게 살아."

실체 없는 말로 마음을 뒤흔드는 사람들을 증오한다. 시어머니는 무속인에게 소득의 절반이 넘는 액수를 갖다 바치고 있었지만, 남편의 가족들은 금전적인 손해에 관해선 진작 포기한 듯했다. 윤정은 자신과 남편의 재산에만 손을 대지 않으면 시어머니가 무속인에게 뭘 갖다 바치든 상관하지 않을 참이었다. 윤정이 알지 못하는 가족의 역사가 있었을 거라 생각하면 괜찮았다. 남편이 먼저 말해주지 않으면 굳이 들을 생각도 없는, 시어머니가 혼자 이겨내야 했던 그런 시간들 말이다.

시간을 돌릴 수 있다면 어느 지점으로 돌아갈지 쓸데없는 고민을 가끔 하곤 한다. 남편을 만나기 전? 기한을 만나기 전? 태어나기 전? 그래. 태어나기 전이 좋을 거 같다. 처음부터 다시 시작하면 좋을 것 같다. 결혼을 해도 삶은 크게 달라지지 않았다. 남편은 고모의 소개로 만났다. 윤정보다 아홉 살이 많았다. 고모는 남편의 수더분한 성격이 윤정과 잘 맞을 것 같다고 했다. 미국에서 반평생 넘게 살아온 고모가 소개해주는 남자라 당연히 미국에 터를 잡고 살아가는 사람인 줄 알았다. 영어를 배우느라 고모네 집에서 몇 년 얹혀살았을 때 고모는 우리 윤정이 미국으로 시집와라 버릇처럼 말하고 또 말했었다.

미국에서 살고 싶었다. 한국에서는 살 수 없게 되어버렸다. 더는 선택의 문제일 수 없었다. 남편이 한국에 잠시 방문한 참에 윤정을 만나주는 거라 생각했다. 다음에 다시 한국에 들어오는 날 서둘러 식을 올리고 미국으로 따라가야겠다고 혼자서 계획했다. 그러니까 그 모든 걸 남편의 얼굴을 보지도 못했을 때 바보처럼 혼자 다 상상했단 거다. 남편은 고모가 다니는 한인교회 목사님의 조카라고 했다. 미국엔 한 번도 가본 적이 없다는 걸 남편과 처음 만난 자리에서 듣게 되었다. 얼마나 실망을 했는지 그다음 나눈 대화는 기억이 나질 않았다. 이젠 어떻게 해야 하지 걱정만 앞섰다. 내가 잘못한 건 없어, 몇 번이고 마음을 다잡았지만, 아이를 버린 추악한 기억이 끈질기게 들러붙어 떨어질 줄 몰랐다.

남편은 서너 번 만났을 때부터 결혼 애기를 꺼냈다. 결혼을 서둘렀으면 하는 티를 노골적으로 드러냈다. 윤정은 제

속이지만 갈피를 잡을 수가 없어 곤란했다. 배우자로 택하기에 무난한 것 같다는 이유로 덥석 결혼을 해도 되는 건지 결혼에 앞서 과거의 일을 다 밝히지 않아도 상관없는 건지, 그런 것들이 명치에 걸려 가슴이 답답했고 그보다 앞서 사랑받고 싶다는 욕망에 결혼을 망설이는 스스로가 혐오스러워 견딜 수 없었다. 결혼에 확답을 못 내리자 남편은 다른 사람을 알아보겠다고 했다. 너를 사랑해줄 사람은 세상에 없다고, 네 꼴을 보라고 다그치며 마음을 굳혔다. 한 번 아이를 낳은 적 있다는 사실을 굳이 밝힐 필요는 없다고 설득하며 밤을 지새웠고 언제고 들키고 말 거라는 불안에 불면증이 찾아왔다. 주변 사람들이 모조리 떠나버리겠지. 혐오스럽게 쳐다보는 눈빛을 매번 견뎌야겠지. 그때엔 정말로 죽지 못해 살아가겠지. 결국엔 죽어버리거나.

남편은 결혼 전에도 후에도 좋아한다는 말은 해주지 않았다. 서로가 얼마만큼 좋아하고 있는지 사실 잘 모르겠다. 함께 있는 게 부담스럽지 않았다. 결혼은 너무 뜨겁지 않은 사이에 하는 거라는 고모의 말에 설득당한 면도 없진 않다. 윤정의 결혼에 엄마보다 더 적극적으로 나섰던 고모는 어쩌면 그 일을 다 알고 있는지도 모르겠다. 도망가듯 떠난 미국에서 임신한 사실을 알게 되었고 다시 도망치듯 미국에서 나왔다. 고모는 윤정이 견뎌냈던 그 시절의 불안을 고스란히 지켜봤다. 엄마는 나이 차이가 너무 많이 난다며 어떻게 저런 남자를 조카에게 소개시킬 수 있는 거냐고 고모에게 전화로 따졌다. 고모가 뭐라고 대답했는지 윤정은 알지 못한다. 윤정에겐 더할 나위 없는 짝이라고 했을까. 윤정이 누굴 고를 처지는 아니라고 했을까. 뭐라 했든 상관없다. 모두 사실이니까.

그날 이후 윤정은 정말이지 대강 살았다. 혼자서 그 모진 일을 다 헤쳐 냈으면 야무지게 살았어야지. 윤정은 죽은 사람처럼 하루하루를 흘려보냈다. 제대로 몸조리를 마치지 못해서인지 몸은 엉망이 되었다. 아이를 버렸다는 죄책감에 정신도 성하지 못했고 대인기피증까지 생겨 취업은 고사하고 집 밖으로 나가는 게 무서워졌다. 사람 구실 못하며 사는 꼴을 보고 가족들은 젊은 날의 방황이겠거니 하며 모른 척해주었다. 미국으로 떠날 수도 없는데 그렇게나 빨리 결혼을 결심했던 이유를 안다. 좋아한다고 말해주지 않는 사람이라고 할지라도, 좋아한다고 말할 수 없는 사람일지라도 상관없었던 이유를 안다. 뻔뻔하게도 평범하게 잘 살아내고 싶었다.

윤정은 바람대로 잘살고 있는 거라 믿었다. 임신이 되지 않을까 했던 걱정도 오래 할 필요 없었다. 평생 겪을 고난이 한꺼번에 찾아왔던 거라 믿고 싶었다. 남은 날은 그저 평범하기만 할 거라고 믿고 싶었다. 그래도 되는 걸까. 아무 일 없었다는 듯 살아도 되는 걸까. 바랄 걸 바라야지. 머릿속의 또 다른 목소리가 비아냥거렸다. 평생 벌 받는 자세로 살 거라면서 결혼은 왜 하는 거야. 남편의 등 뒤에 숨어 평탄한 삶에 편승하려는 거야. 뻔뻔하긴.

배는 예상보다도 더 빨리 불러왔다. 의사에겐 처음이 아니라고 솔직히 말해놓았지만, 남편에겐 실수로라도 밝히지 말아 달라고 부탁했다. 의사는 윤정의 사연을 다 알고 있기라도 하듯 연신 고개만 끄덕였다. 시어머니는 언제쯤 성별을 알 수 있는지 매일 독촉 전화를 해왔다. 의사가 일부러 알려주지 않는다고 생각하는 모양이었다. 윤정이라고 궁금하지 않은 건 아니었다.

"그분께 좀 물어봐 주세요. 아들인지 딸인지. 의사선생님은 좀 더 기다리라고 해서."

시어머니라면 알아낼 수 있을 거라 생각했다. 무속인은 모르는 게 없는 것 같으니까. 무속인이 윤정의 과거에 대해 얼마만큼 알고 있는지 궁금하기도 했다. 그렇게 용하다면 얼굴을 보지 않아도 다 알 수 있는 거 아닌가. 윤정이 불쌍해서 입 다물어주고 있는 걸까. 시어머니도 다 알고 있으면서 모르는 척해주는 게 아닐까. 아들의 인생을 훼방 놓고 싶지 않아서. 모르는 게 약일 때도 있는 거니까. 증거는 없다. 첫 아이는 출생신고도 하지 않았다. 그 아이는 어떻게 되었을까. 잊으려 노력했다. 태어나선 안 될 아이였다. 배 속에 품고 있는 내내 증오했다. 세상에 나오지 않은 채 죽어버렸으면 했다. 갖은 노력에도 아이는 무럭무럭 자랐고 울음을 터트리며 밖으로 나왔다.

아이를 품에 안았을 때 심장이 덜컥 내려앉는 기분이었다. 아이는 살아남았다. 이 작은 아이에게 무슨 짓을 한 걸까. 괴로움에 사로잡혔고 원망은 기한에게 쏠렸다. 아이에게 죄책감을 가져야 할 사람은 둘이 분명한데 혼자서만 다 감당하고 있단 사실이 분했다. 갓 태어난 아이와 며칠 지내며 모성애에 대해 자주 생각했다. 아이는 복수라도 하듯 울며 보챘다. 아이를 돌보는 방법은 어디서도 배운 적이 없었다. 임시로 빌린 숙소는 바닥만 따뜻할 뿐 웃풍이 들었고 낡은 냉장고의 소음이 밤새 고막을 때렸다. 아이를 안으며 아주 조금 감동했을지도 모르겠다. 그런 것을 모성애라 할 수 있을까. 함께 지내는 시간이 길면 모성애도 덩달아 커질까.

윤정은 며칠 만에 지쳐버렸다. 말이 통할 리 없는 아이에게 소리를 질렀다. 아무도 도와줄 사람이 없었다. 부담감에 짓눌려 제대로 숨쉬기가 어려워졌을 때 기한의 집에 찾아갔다. 기한은 괘씸하게도 임신 사실을 알리자마자 전화번호까지 바꾸어가며 연락을 끊었다. 기한의 집이 어디인지 알아내는 데에 한참이 걸렸다. 집을 알려줄 만큼 친밀한 관계를 유지했던 사람이 없었다. 학교 사람이라면 다신 마주치고 싶지 않았는데 동기의 선배의 동생의 친구를 거쳐 학과사무실에 연이 닿았고 겨우 기한의 집 주소를 알아낼 수 있었다. 엄마에게도 아빠에게도 버림받은 그 아이는 어떻게 되었을까. 잘 자라고 있을까. 행복하면 좋겠다는 기대는 버린 지 오래다. 그저 잘 먹고 잘 자고 건강하게 자라고 있다면 더 바랄 것도 없겠다. 이런 걸 두고 모성애라 할 수 있을까. 이번엔 좋은 엄마가 될 수 있을까.

양수가 터졌다. 예정일보다 두 달이 빨랐다. 시어머니는 남편보다 더 일찍 병실을 찾았다. 얼마나 서둘렀는지 신발이 짝짝이였다. 당장 애가 나오진 않을 거란 얘기를 듣고서야 후들거리는 다리를 부여잡고 숨을 몰아쉬었다.

"잠깐만, 아주 잠깐만 기다리렴. 날을 다시 받아올게. 날을 다시 받아와야 해."

숨을 고를 새도 없이 시어머니는 다시 자리를 박차고 일어섰다. 헝클어진 머리로 정신없이 병실을 나서는 시어머니를 보며 어쩐지 마음이 뭉클했다. 저런 것도 다 모성애라 할 수 있겠지. 혼자선 버티기 어려우니 어디든 의지할 곳이 필요했던 거겠지. 날카로운 칼로 배를 휘젓는 것 같은 통증이 수시로 밀려왔지만, 시어머니가 돌아올 때까진 기다리고 싶었다. 시어머니보다 약간 늦게 병실에 도착한 엄마는 윤정의 고통을 덜어주려는 듯 출산에 대한 아름다운 이야기만 간추려 자장가처럼 들려주었다. 사실은 엄마 나 처음이 아니야. 얼결에 말하게 될까 봐 입술을 꽉 깨물었다. 세상 어딘가에 엄마의 손녀가 살아가고 있다고, 다섯 살쯤 됐을 거라고, 어떻게 컸을지 많이 궁금하다고, 엄마가 좀 알아봐 주면 안 되는 거냐고.

기억이 잘 나지 않는다. 간호사가 시키는 대로 움직였고 의사가 말하는 대로 행동했다. 천장의 환한 조명이 동공을 찢어버릴 듯 내리비추었다. 두 번째라고 쉬울 리 없었다. 태어날 준비를 마친 아이는 자궁 속이 불편한 듯 안을 마구 헤집으며 돌아다니고 있었다. 시어머니가 날을 다시 받아올 때까지 참으라고 했는데. 윤정은 아이에게 소리쳤다. 성미가 급한 게 틀림없을 아이에게 참는 법부터 가르쳐야겠다고 생각했다. 사랑한다고 자주 말해줘야지. 말해주지 못한 그 아이의 몫까지 다 말해줘야지. 말문이 트이면 사랑의 말을 되돌려주겠지. 두 배로 돌려주겠지. 그 말이 너무 듣고 싶었다고 누구에게 들어도 상관없을 만큼 간절했다고 좋아해 줘서 고맙다고 말해줘야지.

윤정은 의사가 시키는 대로 온 힘을 다 주며 생각했다. 외롭다. 외로웠다. 이해받고 싶었다. 그럴 수밖에 없었던 거라고. 너에겐 조금의 잘못도 없다고. 마음으로 위로받고 싶었다. 따뜻한 말로 사랑받고 싶었다. 아이의 울음소리를 들은 듯했다. 간호사가 아이를 품에 안겨준 것도 같았다. 오랜 진통으로 지친 윤정은 죽은 사람처럼 사지를 늘어뜨리고 긴 잠에 빠졌다.

아이는 인큐베이터 안에 들어가 있다고 했다. 일찍 태어난 아이는 너무 작은 데다 심장이 조금 느리게 뛰었다. 당분간 인큐베이터에 두고 보살펴야 한다고 했다. 남편을 찾았지만 아무리 기다려도 나타나지 않았다. 엄마의 낯빛이 별로 좋지 않았다. 입을 벙긋할 힘도 없어 다시 눈을 감았다. 아이를 보러 가고 싶은데 힘이 나질 않았다. 시어머니는 아직 무속인 앞에 앉아있을지 모른다. 얼마나 노여워하실까. 아이가 너무 작다니. 그 작은 아이가 인큐베이터 안에 있다니. 속이 쓰렸다. 애초에 자궁벽이 너무 얇았다고 했다. 첫 아이를 가졌을 때 어떻게든 떼어버리려 몸을 학대했기 때문인 것 같았다. 어른들이 지은 죄는 결국 아이들에게 돌아간다.

이렇게 될 줄 알고 있었다. 인생이 지루하게 흘러갈 리 없다. 그런 사람들은 애초에 그런 팔자로 태어나는 거다. 기한은 윤정이 외동딸로 부족함 없이 무탈하게만 자라 와서 세상을 잘 모른다고 자주 비난했고 그런 사람이라 좋다고 부단히 고백했다. 좋아한다는 말이 소름 끼치게 싫었는데. 기한이 아니었다면 그 말이 그렇게 싫진 않았을 거다. 처음부터 어울리지 말아야 했는데 혼자 남겨지는 게 싫어 곁을 주었다. 잘못되어가는 줄 알면서 가만히 내버려 둔 것도 잘못이다. 그 벌을 아이들이 받게 되었다. 신은 가장 잔인한 방법으로 벌주길 원하니까.

몸이 많이 좋지 않았다. 산부인과에서 운영하는 조리원에 미리 예약해둔 터라 날짜변경이 수월했다. 바로 옆 건물이라 아이도 매일 보러 올 수 있을 터였다. 아이를 인큐베이터에 넣어두고 조리원에서 편히 쉬는 게 맞는지 엄마에게 물었다. 엄마는 쉬러 가는 게 아니라 몸을 회복하러 가는 거라 말했다. 시어머니도 그렇게 생각하실까? 엄마는 입을 다물었다. 남편은 아이 곁에 있는 것 같았다. 남편과의 사이는 안정적이었지만 견고하지는 못했다. 이젠 아이가 둘 사이를 튼튼히 이어줄 거다.

아들이었다. 이름은 미리 지어두었다. 박지환. 지혜롭게 빛나라는 뜻으로 남편이 지은 이름이었다. 시어머니는 남편에게 아이의 이름을 맡겼다. 남편이 그렇게까지 들떠있는 모습은 본 적이 없었다. 한 자 한 자 손으로 쓰고 지우며 공들여 완성한 이름이었다. 그러니 남편이 곁에 없어도 섭섭해하지 말자고, 너 역시 남편보다 아이가 우선이지 않으냐고, 원래부터 뜨겁던 사이는 아니지 않았느냐고, 대신 네 곁엔 엄마가 있지 않으냐고 윤정은 스스로를 다독였다. 엄마는 외로움의 또 다른 말이 아닐지 그런 걸 두고 모성애라 부르고 있는 건 아닌지 궁금해졌다.

"왜 하필 내 아들이야…"

시어머니의 목소리가 들렸다. 점심을 먹고 살포시 삼이 들었다. 꿈일까. 시어머니를 애타게 기다렸다. 물어볼 게 많았다. 좋은 날에 태어나지 못한 아이의 삶이 평탄하려면 윤정이 어떻게 해야 하는 건지. 아이는 언제쯤 인큐베이터 안에서 나올 수 있는 건지. 시어머니라면 다 알고 있을 것 같았다. 윤정은 무거운 눈꺼풀을 힘겹게 밀어 올렸다. 시어머니가 침대 맡에 서서 윤정을 내려다보고 있었다. 시어머니의 선득한 얼굴에 마른 눈물 자국이 선명했다.

아들 곁을 지키는 중이라 믿었던 남편이 중환자실에 누워 있다고 했다. 윤정의 출산 소식을 듣고 서둘러 업무를 마감하다 사고를 당했단다. 담당 기사가 올 때까지 기다렸어야 했는데 마음이 촉박해서 느긋이 기다릴 수가 없었고 직접 컨테이너 벨트 위로 올라갔단다. 남편이 작업을 하는 동안 작동을 멈추어둔 컨테이너 벨트가 왜인지 한순간 움직이기 시작했고 천장에 손을 뻗는 자세로 서 있던 남편은 휘청대며 넘어져 단단한 철제바닥에 머리를 부딪쳤단다. 윤정이 아이를 낳고 미역국을 먹으며 엄마의 보살핌을 받는 사이 남편은 머리에서 피를 빼내는 수술을 긴급히 받았고 여전히 의식이 없다고 했다.

그 일도 모두 윤정의 잘못일까. 윤정이 받아야 할 벌이 남편에게로 돌아간 걸까. 시어머니가 새로운 날을 받아올 때까지 차분히 기다리지 못해 그 모든 일이 벌어진 걸까. 남편은 그런 큰일을 당할만한 사람이 아니다. 시어머니가 거짓말을 하고 있거나 아주 나쁜 꿈을 꾸고 있는 중일 거라 생각했다. 제발 거짓말이라고 말해달라고 꿈이라고 말해달라고 애원했다. 시어머니는 말없이 윤정을 쏘아보았다. 전부 네 탓이라고 말하고 있는 것 같았다.

시어머니의 말을 들었어야 했다. 노심초사하는 건 늘 시어머니였고 조심하지 않은 건 항상 윤정이었다. 조심하라고. 임산부는 떨어지는 나뭇잎도 조심해야 한다고. 한걸음 디딜 때마다 살펴야 한다고. 웬만하면 가만히 누워 쉬라고. 대답만 재깍할 뿐 시어머니의 당부는 곧잘 잊었다. 두 번째 임신이었으니까. 아이가 그렇게 쉽게 잘못되지 않는다는 걸 몸소 체험했었으니까. 양수가 터지기 전날엔 매운탕이 너무 먹고 싶었다. 당장 먹지 않고는 배길 수 없을 것 같았다. 윤정이 좋아하는 그 식당은 포장도 배달도 하지 않았다. 엄마는 재료를 사다가 맛있게 끓여주겠다 했지만, 그 식당의 그

매운탕이 아니면 아무 소용없었다. 엄마를 설득해 왕복 세 시간 걸리는 식당으로 운전해갔다. 국립공원 초입에 있는 식당이라 주차장에 차를 세워두고 십오 분쯤 걸어야 했다. 경사가 완만한 오르막은 별로 힘들이지 않고 쉽게 올라갈 수 있지만 언제나 막판엔 숨을 헐떡이게 된다. 매운탕은 맛있었지만 먹는 내내 자세가 불편해 허리가 아팠다. 신발을 벗고 들어가야 하는 식당 안엔 좌식 테이블뿐이었고 기댈 곳이 없이는 바닥에 앉는 게 불가할 정도로 배가 불러있었다. 윤정은 벽에 기대어 두 다리를 쭉 뻗은 자세로 앉았고 엄마가 접시에 덜어주는 매운탕을 옷에 흘려가며 2인분을 해치웠다. 집으로 돌아오는 길엔 속에 있는 걸 다 게워냈다. 체기인지 멀미인지 모를 메슥거림이 밤새 괴롭히더니 다음 날 양수가 터져버린 것이다. 예정된 날짜에 출산을 했다면 아이는 인큐베이터에 들어가지 않아도 됐을까. 남편은 사고를 당하지 않았을까. 무속인은 이리되어버릴 걸 다 알고 있었을까.

누구의 탓일까.

이젠 잘 모르겠다. 남편은 어떻게 되는 건지 아이와 집으로 돌아갈 수 있는 건지. 아이가 나왔는데도 몸은 더 무겁게 느껴졌다. 사는 게 너무 지겨웠다. 조리원 예약을 취소했다. 누워있는 것조차 죄스러운 윤정은 아이와 남편의 병실

앞을 번갈아 오가며 대기실에서 쪽잠을 자는 쪽을 택했다. 윤정이 받아야 할 벌이 자꾸 다른 사람에게 돌아간다. 오년 전 품에 안았던 아기의 얼굴이 생각나질 않는다. 그 아이를 또 볼 수 있는 날이 올까. 스쳐 지나간다면 우린 서로를 알아볼 수 있을까. 윤정은 고개를 연신 저으며 눈가로 흐르는 눈물을 닦았다. 아이를 한 번 더 볼 수 있는 자격 따위는 윤정에게 주어지지 않을 거다. 신이 그렇게 되도록 두고만 보고 있지 않을 테니까. 신이 있다면 죄를 지은 사람에게만 형벌을 내려주면 좋겠다. 신이 조금만 더 자비로웠으면 좋겠다. 남편과 아이를 살려달라고 염치없는 기도를 해보았다. 용서받고 싶다. 모두에게. 모두에게.

16.

"내 옷, 팔린 건가요?"

한적한 평일 오후, 최 사장이 커피를 사 들고 찾아왔다.

"네. 팔렸지요. 탐내는 사람이 한둘이 아니었어요. 값도 꽤 넉넉히 쳐서 받았습니다."

"잘됐군요."

"커피는 제가 대접해야 하는데."

차선이 머리를 긁적이며 최 사장이 건네는 커피를 받았다.

"누가 대접하면 뭐 어때요. 겨우 커피 한 잔인데요. 나도 값을 받고 여기다가 내놓은 겁니다."

최 사장이 신상들을 찬찬히 둘러보았다.

"이거랑 이거, 마네킹 입혀놓으면 좋을 거 같은데요?"

최 사장은 노란 니트와 색이 진한 청바지를 집었다.

"빈티지 숍은 제가 아니라 최 사장님이 해야겠네요."

차선은 최 사장이 고른 옷을 카운터 옆으로 빼두었다. 최 사장이 추천한 대로 마네킹에 입혀놓으면 하루가 가기 전에 팔렸다. 최 사장은 오래된 단골이다. 패션센스가 뛰어나서 이렇게 종종 도움을 받곤 했다.

"누가 사 갔는지 궁금하네요. 어떤 사람이에요?"

최 사장이 차선 옆에 나란히 서며 물었다.

"이십 대 중반? 대학생 같아 보이는 남자였어요."

"오! 나도 그 나이 때 선물 받은 옷인데. 어울리던가요?"

"그럼요. 제 옷처럼 딱 맞던걸요."

"다행이네요. 잘 어울리는 사람한테 갔으면 했거든요. 이십 대 몸매 그대로 유지했으면 내가 계속 입는 건데. 이렇게 살이 쪄서."

"나잇살을 막을 도리가 있나요. 그런데 선물 받은 옷이라면서 팔아도 되는 건가요? 선물하신 분 섭섭하게."

"세상에 하나뿐인 옷이에요. 날 위해서 만든 옷이니까요. 그럼 뭐해요. 입을 수가 없는데. 옷장에만 걸려있는 옷, 별로잖아요. 새장에 갇힌 새처럼."

옷을 정말로 사랑하는 사람이다. 이런 사람에게 입힐 옷이었으니 얼마나 신경을 써서 만들었을까. 최 사장으로부터 받은 옷을 팔고 싶지 않았다. 차선이 소유하고 싶었다. 심플한 양복이었지만 색감이 독특했다. 사십 년 전 만든 옷처럼 보이지 않았다. 이런 안목과 솜씨를 가지고 있는 사람이라면 대단한 일을 하며 살아왔겠지. 차선도 이런 걸 만드는 사람이 되고 싶었다. 그냥 꿈만 꾸었다. 욕심을 낸 적도 없다. 혼자서 여기까지 온 것만도 기적이니까. 이 정도면 충분하지. 집도 있고 가게도 있고 차도 있으니까. 어렸을 적에 막연히 짐작했던 미래는 비참하기만 했는데. 이렇게 안정된 생활을 하고 있으리라곤 상상도 할 수 없었던 어린 시절을 지나왔는데. 그러니 이만하면 됐다고 감사하며 살아야 하는데 사람이 고팠다. 곁을 지켜줄 사람이. 욕심일까. 주제넘은 생각일까.

"누군지 물어봐도 되나요? 그렇게 멋진 옷을 만들어준 사람이 궁금해서요."

대단한 이름이 나올지도 모르겠다고 짐작하며 최 사장이 대답하길 기다렸다.

"처음 사귄 여자였어요. 말수가 적고 순한 사람이었죠."

"지금도 연락해요?"

"에이. 설마요. 그게 몇 년 전 일인데. 사십 년이 지났어요. 사십 년 된 옷치고는 관리가 잘 됐죠?"

"소식도 못 들으셨어요?"

"나도 궁금하네요. 어디서 뭘 하고 있는지. 어떻게 늙었는지. 아, 그보다 먼저 살아있는지부터 궁금해해야 하나? 내가 그럴 나이가 됐지요? 하하하."

최 사장이 가지런한 이를 드러내며 호탕하게 웃었다. 한 달에 두어 번 몇 년째 오가며 꽤 많은 이야기를 나누었지만, 차선은 여전히 최 사장에 대해 자세히 알지는 못한다. 이름도 정확한 나이도 직업도 알려주지 않았다. 그의 이름이 궁금했다. 그가 어떤 사람인지 알고 싶었다. 가게에서만 말고 밖에서도 만나고 싶었다. 최 사장도 차선에게 아주 관심이 없는 것 같진 않은데 두 사람 사이의 간격은 쉽사리 좁혀지지 않았다.

"그런 옷, 또 있으면 저한테 파세요. 값은 넉넉하게 쳐 드릴게요. 알고 보니 최 사장님 댁이 보물섬이었네요."

"그 옷이 유일했어요. 이제는 흔하디흔한 옷들뿐이죠."

입고 오는 옷들마다 탐나는 것들뿐인데. 탐나는 게 정말 옷뿐인 건지. 사실은 저 남자가 탐나는 건 아닌지. 차선은 최 사장을 향해 커져가는 마음을 막고 싶지 않았다. 좀체 마음을 열어주지 않는 최 사장이 얄밉기도 했다. 차선에게도 옷을 만드는 재주가 있었다면 진전이 좀 있었을까.

겁이 나기도 한다. 차선 곁에 한결같이 있어 준 사람은 고모뿐이었다. 그마저도 왕래가 잦았던 건 아니었지만. 드문

드문 만났다. 몇 년에 한 번씩. 최근 들어 횟수가 잦아지긴 했다. 고모가 수척한 얼굴로 종종 가게에 찾아왔다. 여든이 가까운 나이 탓을 할 수만은 없을 것이다. 차선이 기억하는 한 고모는 늘 수척해 보였다. 그래서 고모를 미워할 수 없었다. 고모의 인생도 차선만큼이나 외로웠을 테니까. 고모가 엄마였으면 좋겠다고 생각했던 적도 있었다.

열여덟 살 가을이었다. 고모가 학교로 찾아왔다. 수업 중이었고 담임이 가방을 챙겨 나오라고 말했다. 고모는 표정 없는 얼굴로 복도에 서서 기다리고 있었다. 사흘 동안 결석을 했다. 할머니가 돌아가셨다. 얼굴 한번 보지 못한 할머니가. 고모는 한 번도 부모님에 대해 이야길 해준 적이 없었다. 할머니가 있다는 것도 그날 처음 알았다. 조금 어지러웠지만, 당연히 울지 않았다. 고모는 바빴다. 조문객이 많이 없는데도 바빴다. 고모가 할머니의 유일한 가족이라서 그런 거 같았다. 고모의 딸과 아들도 처음 만났다. 고모의 아들은 차선과 같은 교복을 입고 있었다. 급식실에서 몇 번 본 적이 있는 남학생이었다. 고모의 딸과 아들도 할머니에 대한 기억은 없다고 했다. 외로움은 유전인 걸까. 모두가 외로워 보였다. 고모도, 고모의 딸과 아들도, 영정사진 속 할머니도. 가장 외로운 건 차선일 테지만.

차선은 조문객들의 얼굴을 기억했다. 거울 속 자신의 모습과 비교했다. 눈이 닮았는지 코가 비슷한지 입이 똑같은지. 할머니가 죽고 나서야 할머니가 있었다는 걸 알게 되었다. 또 다른 가족이 세상에 존재할지 모를 일이었다. 궁금한 게 많았다. 할머니는 차선의 존재를 알고 있었을까. 몰랐던 거라면 좋을 텐데. 알면서도 모른 척했다면 너무 비참하니까. 부모님은 어디에 있을까. 부모님도 영정사진으로 처음 대면하게 되는 걸까. 고모의 눈이 붉어서 물어볼 수가 없었다. 너무 많이 울어서가 아니었다. 고모의 눈은 항상 그랬다. 곧 바스러질 거 같은 피곤에 찌든 눈. 자꾸 궁금해하면 고모가 더는 찾아오지 않을 거 같았다. 고모가 차선을 가끔이라도 찾아와 준 이유를 안다. 번거롭게 굴지 않아서. 고모가 허락하지 않은 선은 밟고 넘어서지 않아서. 그렇게라도 하나뿐인 가족을 붙잡아두고 싶었다.

조문객이 많지 않아서인지 사흘은 더디게 지나갔다. 지루하기도 했다. 하루 세끼를 꼬박꼬박 챙겨 먹었다. 고모의 딸과 아들이 먼저 먹고 나면 고모와 차선이 마주 앉아 밥을 먹었다. 고모가 밥 위에 반찬을 올려주었다. 엄마가 있다는 건 이런 기분이겠구나. 엄마, 하고 불러보고 싶었다. 아주 어렸을 땐 엄마가 고모인 건 아닐까 생각해본 적도 있었지만 쓸데없는 의심이었다는 걸 깨닫는 데엔 그리 오랜 시간이 걸리지 않았다. 어떤 계기가 있었던 게 아니다. 극적인 사건 같은 것도 없었다. 그런 건 누가 말해주지 않아도 자연히 알 수 있다.

장례식이 끝나고 고모의 집에 들렀다. 고모가 하루 자고 가라고 했다. 수학여행을 제외하곤 처음이었다. 보육원이 아닌 곳에서 잠을 자는 건. 고모의 집에서 하루를 보내며 고모를 더욱 이해하게 되었다. 고모의 집은 고모의 피곤하고 빠듯한 삶을 고스란히 보여주었다. 보육원보다도 못한 생활이었다. 세 식구가 살기에도 비좁은 집에 사람 하나가 더해졌다. 세 사람은 대화가 없었다. 서로 할 말이 없는 거 같았다. 매일을 이렇게 따닥따닥 붙어서 자야 하기 때문일까. 그래서 할 말이 남아있지 않게 된 걸까. 장례식에서 보낸 사흘보다 그 하루가 더 길었다. 다음날 고모의 아들과 함께 등교했다. 걸어서 사십 분쯤 걸리는 거리였다.

"아는 척해도 상관은 없어."

고모의 아들이 선심 쓰듯 말했다.

"그래."

차선도 예의상 대답을 해주었다.

"우리가 사촌인 것도 말해도 돼. 특별한 일도 아니니까."

"그래."

고모의 아들은 고모와 꼭 닮았다. 고모와 하나도 닮지 않은 고모의 딸은 고모부를 닮은 거겠지. 차선은 그날 후로 자주 손거울을 꺼내어 보게 되었다. 누굴 더 닮은 걸까. 눈은 할머니와 조금 비슷해 보이기도 하는데. 굳이 아는 척을 할 생각은 없었는데 고모의 아들은 종종 교실로 찾아왔다. 딱히 할 말이 있는 것 같지도 않은데 별일 없지, 묻고 갔다. 어느 날은 이런 말도 했다.

"삼촌은 살아있어. 네 아버지 말이야. 좋겠다. 우리 아빠는 죽었는데."

고모에게 들은 적 없는 이야기였다. 고모의 아들은 장례식에서 고모가 어떤 여자와 나누는 대화를 몰래 들었다고 했다. 차선의 아버지가 오십 년 뒤에 깨워 달라 말하곤 냉동되어 버렸다고.

차선이 하필 이 자리에다 가게를 구한 건 미련한 희망 때문인지도 모른다. 고모에겐 아직도 물어본 적 없다. 고모가 먼저 이야기해주길 기다리고 있다. 영영 말해주지 않을 거같지만 고모를 괴롭히고 싶지는 않으니 말해주지 않으면 묻지도 않을 예정이다.

"오늘은 일찍 퇴근할까 싶은데 같이 좀 걸을래요? 모처럼 공기가 깨끗하니까요. 하늘도 파랗고."

부러 목소리를 높이며 최 사장에게 물었다.

"좋아요."

의외였다. 대차게 까일 줄 알았는데.

좁은 골목을 벗어나 높이 치솟은 빌딩숲 사이를 걸었다. 우리나라에서 규모가 제일 큰 신체 냉동사업을 하는 기업이 멀지 않은 곳에 있다. 오십 년 전이라면 분명 저기일 테다. 깨어났겠지? 깨어났을 거야. 찾아올 줄 알았다. 아직 아무 소식 없지만. 오가다 마주치면 알아볼 수는 있을까. 할머니의 얼굴을 잊지 않으려 영정사진 속 할머니를 하루 한 번 떠올렸다. 닮았을까. 한번은 스쳐 지나가지 않을까.

최 사장과는 말없이 걷기만 했다. 편안했다. 불편하지 않았다. 많은 대화 없이도 시간을 같이 보낼 수 있는 사람이었다. 최 사장과 좀 더 깊은 사이가 되면 매일 이 거리에 나와 이십 대 남자의 얼굴을 훔쳐보는 걸 그만두게 될까. 아버지 같은 거 잊고 살 수 있을까.

"여기, 살아요?"

최 사장이 집 앞까지 데려다주었다.

"네."

"정말?"

저렇게 해맑게 웃는 건 처음 본다. 최 사장은 차선이 살고 있는 빌라를 올려다보며 눈을 커다랗게 떴다.

"누가 여기 또 살아요? 난 402호에."

"402호? 이야, 이거 인연인데요?"

최 사장이 차선의 말을 끊으며 흥분해서 말했다.

"왜 그러는데요. 아는 사람이 여기 살아요?"

"예전에. 여기 와본 적이 있어요. 402호에. 402호에 살았 었거든요. 알고 지내던 사람들이. 이런 우연이. 아니, 운명 인가? 하하."

최 사장은 정말로 기분이 좋아보였다. 차선도 덩달아 웃 었다. 이렇게 웃어본 게 언제였는지 기억도 나질 않을 만큼. 참으로 오랜만의 일이었다.

17.

"집 좀 내놓으려는데요."

주원이 부동산 문을 밀고 들어갔다.

"아이고. 어서 와요. 커피? 녹차?"

중개인은 나이가 지긋한 여자였다. 구불구불한 짧은 백발이 무척 잘 어울렸다. 주원이 냉동되지 않았더라면 중개인과 나이가 엇비슷했을 것이다.

"커피 한 잔 주세요."

주원은 전날 밤 혼자 흰머리 염색을 했다. 이 주만 지나면 또 하얀 머리카락이 뿌리에서부터 무성하게 올라올 것이다. 염색하는 걸 그만두면 중개인처럼 백발이 될 게 틀림없다. 그 나름 멋스러워 보이기도 하지만 아직은 흰머리를 감추고 싶었다.

"뜨거워요. 조심해. 그래. 내놓을 집은 어디?"

중개인이 건네는 커피를 조심스레 받았다. 꽃무늬 머그잔 안에서 믹스커피가 찰랑댔다.

"이 바로 옆 빌라요."

"아, 거기. 거기 매매가 잘 안 되는데…. 알죠?"

알고 있다. 그래서 여태껏 팔지도 못하고 가지고만 있었다. 가은이 아니었더라면 계속 비워두기만 했을 것이다. 벌써 사십 년이나 지난 일이다. 소문이 사그라지고 잠잠해지기까지 오랜 시간이 걸렸다.

"그래도 한 번 내놓아보려고요. 세입자도 나간다고 하고."

"아주 가망이 없는 것도 아니에요. 좀 싸게 내놓으면 팔리긴 할 거야. 그 집도 결국엔 팔렸거든. 뭐 거저먹었다고 봐야지."

"402호가 팔렸어요?"

"십 년쯤 됐죠, 아마? 소문을 모르는 건지 어쩐 건지. 아무 말도 안 해줬어. 알면 뭐 해. 찝찝하기만 하지. 집이 싸게 나왔을 땐 다 그만한 이유가 있는 건데. 상관없대. 뭐든 상관없다고 바로 도장 찍더라고."

"별일 없어요?"

중개인이 눈을 가늘게 뜨고 웃었다.

"뭘 기대한 거야? 귀신, 그런 거? 아휴. 젊은 사람이 참."

젊단다. 주원은 피식 웃었다. 주원의 나이를 알게 되면 뭐라고 할까. 동안의 비결을 물을까. 냉동된 적이 있단 얘기를 굳이 꺼내진 않을 거다. 잘 모르는 사람들에게까지 그 얘기를 해야 할 필요는 없으니까.

"그 근처에 산다는 것만으로도 찜찜해들 하니까요."

"그렇죠? 사십 년이나 지난 일인데도 거래가 잘 안 되는 거 보면. 하긴. 나라도 그럴 거야. 그런 끔찍한 일이 일어난 걸 아는 이상 무시하고 살긴 힘들지. 중개해주고도 괜히 찜찜했는데 막상 사는 사람은 어떻겠어."

사실 그 사건은 빌라의 저조한 매매 성사율과 별 상관없을지도 모른다. 노후한 건물 탓인 걸 인정하고 싶지 않은 소유주들의 바람이 빚어낸 핑계일 가능성이 크다. 사십 년 전 일이다. 기억하는 사람보다 그런 일이 있었다는 걸 모르는 사람이 더 많을 것이다. 재개발될 계획도 없고 리모델링도 안 한 집이 태반이고 그에 비하면 시세가 그리 싼 것도 아니니까. 그 사건을 목격한 자들만 그 일을 지금껏 잊지 못하고 있는 게 아닐까. 잊을 수가 없으니까. 젊은 사람들이 사십 년도 더 된 그 일을 어떻게 알까. 믿거나 말거나 한 떠도는 소문으로 치부하겠지.

주원은 그 사건을 똑똑히 기억한다. 뉴스에서도 보았고 신문에서도 읽었다. 빌라를 들락거리는 경찰들과도 마주쳤다. 피 칠갑 된 계단과 바닥이 아직도 선명히 떠오른다. 뉴스에서 막연히 들었던 사건 보도보다 더 끔찍했다. 다행히 범인은 몇 시간 만에 붙잡혔다. 범인은 빌라 앞 갓길에 주차해놓은 자동차 안에서 고이 잠들어있었다. 도망갈 생각도 없이 평온하게. 잔인하게 살인한 부부의 핏물을 뒤집어쓴 채로. 범인을 그 전에 본 적이 있느냐고 경찰이 물었지만 다들 고개를 저었다. 본 적은 없지만, 목소리를 들은 적은 있다고 하나둘 진술했다.

피해자들은 그 사건이 있기 고작 몇 달 전에 이사 온 부부였다. 범인은 부부의 딸과 교제했던 남자였다. 부부의 딸이 어떻게 되었는지 경찰은 밝히지 않았다. 발견된 시신은 두 구였다. 모두가 딸도 죽었을 거라 짐작만 했다. 그렇지 않고서야 부모가 죽었는데 한 번을 나타나지 않을 수가 있으랴. 부부의 유품을 정리한 건 부부에게 집을 빌려주었던 402호의 주인이었다. 범인이 밝힌 범행 동기에 한 번 더 경악했다. 일방적인 이별 통보 후 만나주지 않아 홧김에 침입해 살해했단다. 빌라에 살던 사람들은 이런 일이 생길지도 모른다는 걸 조금은 예상했을지도 모른다. 밤늦은 시간에 종종 남자의 고성을 들을 수 있었고 연이어 온 집안을 부수는 소리도 들렸다. 그 집에 딸이 있다는 건 아무도 몰랐다. 이사를 올 적부터 부부 단둘이었다. 가정의 불화가 있는 집이겠거니 추측했다. 웬 이상한 사람들이 이사 와서 시끄럽게 만든다고 눈치를 주기도 했다. 어쩌다 마주치면 싸늘한 표정을 숨기지 않고 드러냈다.

2년 계약을 한 부부는 그 집에서 고작 넉 달 살고 죽었다. 부부에게 집을 빌려주었던 402호 집주인은 망했다는 말을 되풀이하며 빌라 주변을 배회했다. 세는 나가지도 않고 집이 팔리는 건 기대할 수도 없는 일이었다. 아무리 싸게 내놓아도 소용이 없었다. 402호는 새 주인을 맞이하기 전까지 쭉 비어있었다. 집주인이 핏자국을 흔적도 없게 지우고 닦았고 리모델링까지 싹 했는데도 아무도 관심을 주지 않았다.

"내놓으면 언젠가 팔리겠죠. 그죠?"

주원은 돈이 필요했다. 대학을 졸업하고도 몇 년을 무직 상태로 지내는 아들이 친구와 빵집을 차릴 거라며 돈을 좀 구해 달라고 했다. 남편은 한 푼도 보태주지 말라고 길길이 날뛰었지만 주원은 뭐라도 해주고 싶었다. 이 집이라도 갖고 있어 다행이었다. 때마침 가은도 나가겠다니 싫은 소리를 할 필요도 없고.

"그럼요. 402호도 팔렸으니 희망을 가져 봐요. 대신 좀 싸게. 알죠?"

주원은 고개를 끄덕였다. 사실은 진작 팔아치우고 싶었다.

팔리지 않을 게 당연해 가지고 있었을 뿐이다. 402호도 팔고 나간 마당에 언제까지 저 집을 끼고 살 수 없다. 살다보면 한 번쯤 겪을 수도 있는 일이 아니다. 잊고 살 수 있는 일도 아니다. 내가 당한 일은 아니지만 내가 당할 수도 있는 일이다. 조심한다고 막을 수 있는 일도 아니다. 멀리 도망가는 것밖에는 방법이 없다. 미안하지만 이 사건을 모르는 누군가에게 찜찜함을 양도해야겠다. 흉흉한 사건이 일어났던 곳을 곁에 두고 살고 싶진 않다. 불행에선 멀어져야 한다.

가은이 결혼한다고 했을 때 가슴이 철렁 내려앉은 건 사십 년 전 이 빌라에서 일어난 사건 때문이었다. 괜찮은 거지, 라고 묻는 대신 어떤 사람이냐고 물었다. 가은이 안전한지 확인하고 싶었다. 쓸데없는 걱정일 수도 있다. 가은과 결혼할 사람이 들으면 기분이 상할 수도 있다. 그럼에도 확인해야 했다. 가은을 딸처럼 아꼈으니까. 아끼지 않았더라도 물었을 것이다. 세상의 모든 딸들이 안전해야 하니까. 나경이 만나는 남자를 본 적은 없다. 나경은 주원에게 곁을 내어주지 않았다. 은근히 물어볼 적마다 상처 되는 말만 되돌아왔다. 엄마가 무슨 상관이냐고. 내내 냉랭하기만 했던 나경과 얼마 전 처음으로 긴 통화를 나눴다. 가은의 당부가 마음에 걸렸지만 어쩔 수 없었다. 나경과 통화를 이어나가고 싶었고 얼결에 그 애길 꺼내버렸다. 나경은 가은의 얘기에 큰 관심을 보였다. 주원의 전화를 멋대로 끊어버리지도 않았다. 잘됐다 싶기도 했다. 가은은 괜찮은 사람이라고 말했지만 제삼자의 시선을 빌려 객관적으로 바라보아야 하는 문제이기도 했으니까. 나경의 직속 상사랬다. 나경은 그를 별로 탐탁지 않아 했다. 융통성도 없고 사회성도 떨어진다고. 지루한 사람이랬다. 착한 사람이냐고 되물었고 나쁜 사람은 아니라고 답했다. 주원은 안심했다. 나쁘지 않으면 됐다. 나경에게 남자에 대해 이것저것 훈수를 두려다 그만두었다. 기껏 잡은 기회를 망칠 순 없었다.

딸의 상사와 결혼을 한다니. 인연도 이런 인연이 없다. 가은과 더 친밀하게 지낼 필요가 생겼다. 이번 주말엔 장조림을 해서 가져다주어야겠다. 결혼식에도 찾아가 가은의 남편과 인사를 나눠야겠다. 결혼 전에 만나 밥이라도 한 끼 할까. 가은에겐 엄마 같은 존재라고 소개하는 게 낫겠지. 아이들의 외면에 지치고 힘들었다. 아이들을 위해 그런 거였는데. 흔하게 이뤄진다고 해서 두렵지 않은 건 아니었다. 삶을 십칠 년이나 멈춘다는 것엔 대단한 용기가 필요했다. 부모님의 임종도 지키지 못했다. 원망스러운 적도 있었다. 누구 때문에 이 짓까지 했는데. 그래도 이해해야 했다. 엄마니까. 엄마의 사랑이 고파서 그런 것이라 생각하기로 했다. 표

현을 저리밖에 할 줄 모르는 거라고. 하늘이 주원의 처지를 가엽게 여겨 기회를 주는가 보다. 아이들에게 잘 보일 기회가 자꾸 생겼다. 집을 팔아서 나훈에게 금전적인 도움을 줄 수 있게 되었다. 가은과 잘 지내온 덕분에 나경의 순탄한 직장생활이 보장되게 되었다. 냉동된 건 역시나 잘한 선택이었다고 자신을 스스로 다독이며 중개인이 건네는 녹차를 한 잔 더 받아마셨다.

18.

진수는 어렵사리 입사한 회사에서 수습 기간도 제대로 마치지 못하고 잘렸다. 자잘한 실수를 계속해서 반복했고 참다못한 사수가 단전에서 올라오는 비명을 지르며 머리를 쥐어뜯었다. 평가점수는 엉망이었고 정규직으로 전환될 기회도 놓쳐버렸다. 이게 벌써 몇 번째인지 모르겠다. 석 달 만에 다시금 취업준비생이 되고 말았다. 이쯤 되면 조직 생활과 전혀 맞지 않는 게 아닌지 근본적인 의심부터 해봐야 할 것 같다는 생각과 함께 쓸쓸한 마지막 퇴근을 했다. 부모님에겐 차마 내일부터 출근을 하지 않아도 될 것 같다는 말은 전하지 못했다. 집으로 돌아가는 걸음이 무거웠다. 남은 인생이 너무도 길게 느껴졌다.

"밥도 못 먹고 사냐?"

진수는 나훈을 집 앞 편의점으로 불렀다. 둘은 컵라면에 삼각김밥을 먹었다. 진수는 게걸스럽게 음식을 먹어 치우는 나훈을 한심하게 쳐다보며 한숨을 내쉬었다.

"어. 첫 끼야."

"뭐 어쩌려고 그래?"

"인생 망한 거지. 이게 다 엄마 때문이잖아. 평생 먹여 살리라고 하지 뭐."

"나이가 몇인데 아직도 엄마 타령을 하고 있냐?"

"유년기 시절의 결핍에 대해서 네가 뭘 안다고 지껄여."

말은 저렇게 해도 심성이 나쁘진 않다. 나훈만큼 바른 사람은 세상에 또 없을 거다. 바름이 지나쳐서 언제고 선 채로 꺾여버리는 건 아닐까 걱정이 될 만큼. 나훈은 집에도 알리지 않고 혼자서 몇 년째 행정고시를 준비 중이다. 새벽에 택배 상하차 아르바이트를 한 후 하루 종일 고시원에 틀어박혀 공부를 하는데 운은 늘 나훈을 비켜 지나갔다. 일이 점 차이로 불합격한 게 벌써 세 번째다. 새벽에 몸 쓰는 일만 하지 않아도 한두 문제는 더 맞힐 수 있을 것 같은데 집에다 도움을 구하는 건 죽기보다 싫단다. 진수는 진심으로 나훈이 자신보다 더 잘 되었으면 하고 바랐다. 나훈 같은 애에게 불운이 지속된다면 그것이 바로 신이 없단 증거일 것이다.

진수와 나훈은 중학교 1학년 때 같은 반이 되면서 알고 지내기 시작했다. 같은 고등학교에 진학했고 대학도 같은 곳에 지원했다. 군대에서까지 같은 자대를 배치받자 주변 사람들은 둘을 두고 천생연분이 아니냐고 놀려댔다. 그 정도로 사이가 가까웠지만 안타깝게도 나훈의 엄마는 진수의 존재조차 알지 못한다. 나훈은 아직도 엄마를 받아들이지 못하고 있다. 어지간히 하라고 충고를 건네도 소용없었다. 엄마 얘기만 꺼냈다 하면 발끈했다. 진수는 나훈이 엄마 때문에 힘들어하는 모습을 곁에서 다 지켜봤다. 중학교 때는 분명 엄마가 없다고 했는데 고등학교에 갔을 때는 엄마가 있다고 했다. 그게 무슨 말이냐고 묻자 낸들 아냐고 답했다. 나훈은 학교를 마쳐도 곧장 집으로 가지 않았다. 끝까지 학교에 남아 자습을 했고 학교가 문을 닫으면 독서실에 갔다.

"너희 집에 놀러 가도 되냐?"

"우리 엄마 궁금해서 그러지?"

"응."

"안 돼."

그전까지 진수는 냉동되었다 해동된 인간을 실제로는 한 번도 본 적이 없었다. 나훈은 진수를 아파트 단지 안으로 데리고 갔다. 관리가 전혀 되지 않은 화단에 숨어 나훈의 엄마가 마트에 가는 시간까지 기다렸다. 아마 나훈이 스스로 자습에서 빠진 유일한 날일 것이다. 오들오들 떨며 한참을 기다리다 나훈의 신호에 고개를 들었다.

"아."

진수 인생 첫 번째 냉동 인간이었다. 냉동 인간, 별거 없네! 속으로 중얼거렸다. 다른 엄마들이랑 하나 다를 것이 없어 실망했지만 나훈에겐 아무 말도 하지 않았다. 나훈의 사춘기는 갑작스레 나타난 엄마 때문에 길어졌다. 차라리 다른 애들처럼 담배 피우고 술 마시며 나 엄마 때문에 열받아서 미칠 것 같다는 티를 팍팍 내고 살았으면 좋았을 텐데 나훈은 공부로 스트레스를 풀었다. 그러니 그 방황을 아무도 눈치채지 못했지. 나훈의 발악을 눈치채준 건 진수와 나훈의 쌍둥이 동생 나경이 유일했다. 공부하는 시간 대비 성적이 잘 나오기라도 했다면 덜 안타까웠을 텐데.

쌍둥이의 운은 한쪽이 독식하는 것 같기도 하다. 나경이 4년 동안 장학금을 받으며 학교에 다니는 동안 나훈은 한 학기도 빠짐없이 꼬박꼬박 등록금을 내고서야 대학을 졸업할 수 있었다. 나경이 최고로 잘 나가는 대기업에 취직해 차곡차곡 커리어를 쌓아가는 동안에도 나훈은 고시원에서 시간을 보내야 했다. 시험에 합격하지 못한다면 그 시간은 보낸 것이 아니라 버린 것이 되고 만다.

"일요일에 같이 갈 거지?"

나훈이 마시듯 해치워버린 음식물의 잔해를 깨끗하게 정리하며 물었다.

"가야지. 나경이한테 물어봤어?"

"걔가 가겠냐?"

"갈 수도 있는 거지 뭘."

진수는 혼자 편의점을 한 바퀴 돌며 이것저것 집어와 계산을 했다. 전자레인지에 핫바를 따뜻하게 돌려 나훈 앞에 들이밀었다. 나훈은 입술을 다문 채 고개를 저었다.

"첫 끼라며. 좀 먹어라. 어?"

나훈은 고집스럽게 핫바를 거부했다. 쌍둥이가 닮은 구석이라곤 하나도 없는 게 참 신기했다. 나경은 악착같이 제 몫을 챙겼고 나훈은 스스로를 학대하며 생채기 내는 버릇이 있다. 자신들의 그런 성향에 대해 잘 모르고 있는 것 같지만 진수가 보기엔 그랬다. 일이 점 차이로 시험에 낙방하는 것도 다 계획된 게 아닌가 의심이 갈 때가 있다. 더 고생하고 싶어서 안달 난 것 같으니까. 나훈은 자신을 사랑하지 않는다. 그것도 유년기 시절의 결핍에서 비롯된 건가 싶고 저대로 놔둬도 되는 건가? 걱정되기도 하지만 핫바를 주머니에 넣어주는 것 말고는 친구로서 해줄 수 있는 것도 별로 없었다. 남 챙기는 것만큼만 스스로를 챙기면 좋을 텐데.

몇 해 전 폭설로 세상이 하얗게 뒤덮인 날이 있었다. 군인이었던 진수와 나훈은 인근 마을의 제설작업에 동원되었다. 휴가나 외출을 나가도 버스를 타고 곧장 시로 빠졌기 때문에 그 마을에 보육원이 있는 줄 몰랐다. 나훈은 눈을 퍼내는 와중에도 놀이터에서 뛰어노는 아이들에게서 시선을 떼지 못했다. 아이들에게서 어린 시절 자신의 모습을 발견했다고 한다. 부모에게 버려진 아이들. 엄마가 없이 자라는 아이들. 그 아이들에게 어떤 사정이 있는지 정확히 아는 것도 아니면서 멋대로 암울한 상상을 했다. 나훈은 외출이나 휴가가 생길 때마다 보육원에서 시간을 보냈다. 제대하고서는 아예 봉사 모임을 만들었다. 온라인으로 회원을 모집하고 한 달에 한 번 보육원으로 정기봉사를 다녔다. 봉사 모임을 만든 뒤로 단 한 번도 보육원 봉사에 빠진 날이 없을 정도였다.

"야. 재는 엄마 있어. 돈 벌러 가는 동안 잠시 맡겨둔 거래."

새벽에 몸이 부서져라 일해서 번 돈으로 빵이며 과일을 잔뜩 사 들고 가는 나훈이 답답해 보였던 날이 하루 이틀이 아니다. 본인은 하루 한 끼 컵라면으로 때우면서 누가 누굴 가여워하는 건지.

"야. 나도 엄마는 있었어. 나이 들기 싫어서 잠시 몸을 냉동시킨 거지."

말끝마다 엄마, 엄마 하는 거 보면 나훈의 인생에 엄마가 매우 중요한 부분을 차지하고 있는 건 확실했다. 연을 끊고 살 거면 확실히 끊어버리든가 그럴 게 아니라면 뭉친 부분을 서로 좀 풀고 살든가. 하긴 그게 맘처럼 되는 일이었다면 나훈의 인생이 이렇게 굴러가진 않았을 거다. 아무도 냉동되지 않았다면 어땠을까. 냉동보단 이혼이나 사별 쪽이 받아들이기엔 좀 더 쉬웠을까. 진수의 눈엔 나훈보다 보육원의 아이들이 더 행복해 보였다. 나훈에게 필요한 건 정서적 안정이 아닌가 싶다. 언제고 나훈이 가정 안에서 불안을 지우는 날이 올까.

진수는 군대 제대 후부터 나경과 사귀기 시작했다. 나경은 나훈과 달리 말이 아주 많았다. 밤마다 전화로 혼자서 한 시간쯤 떠들어야 잠이 들었다. 하루에 쏟아내야 할 말의 분량이 정해져 있다고 했다. 직장에서 절반쯤 소진하고 오면 나머지 절반을 나훈과 진수가 받아주어야 했다. 말을 아낀 날엔 쉽게 잠이 들지 못했다. 겨우 잠이 들어도 악몽에 시달리다 깬다고 했다. 사람들은 나훈이 나무고 나경이 나무에 매달린 잎사귀 같다고 말했지만, 진수는 완전히 그 반대가 아닌가 생각했다. 나훈이 자주 흔들리는 사람이라면 나경은 제자리를 꼿꼿이 지키는 사람이었다. 사람들은 같은 자리를 지키는 사람들을 가볍게 여기는 경향이 있는 것 같다. 쌍둥이의 엄마는 나경보다 나훈을 더 어려워했고 나경이 자신에게 마음의 문을 좀 더 열어주지 않았나 착각했다. 아닌데. 전혀 아닌데. 엄마에게 더 많이 마음을 연 것은 나훈일 텐데. 나경은 그저 힘주어 밀어내고 있지 않을 뿐이다. 나경에게 엄마는 그럴 가치도 없는 사람이니까. 나경은 엄마 얘길 하지 않는다. 마치 엄마가 없는 사람처럼 대화에서 엄마를 지워나갔다.

나경은 마음을 숨김없이 털어놓는다. 좋아한다고 말하지 않으면 별로 좋아하지 않는 거다. 대화의 문을 닫지 않았다고 해서 마음의 문이 열려있는 건 아니다.

진수에게 먼저 사귀자고 말한 사람은 나경이었다. 나경에게 호감이 있었지만 가장 친한 친구의 동생과 사귈 수는 없었다. 나경은 지치지도 않고 진수에게 들이대었다. 중간고사 끝나면 사귀는 거야. 기말고사 끝나면 사귀는 거야. 대학가면 어른의 연애를 시작하는 거야. 군인이어도 사귀어줄 테니까 인제 그만 튕기는 게 어때. 진수가 그 제안을 다 거절해도 나경은 전혀 상처받지 않았다. 나경이 사귀자고 말할 때마다 진수가 웃었기 때문이다. 그래서 나경은 틈날 때마다 사귀자고 말할 수 있었다고 한다.

"이게 마지막이야. 잘 생각하고 대답해. 제대하면 나랑 사겨."

제대를 석 달 앞두고 나경이 면회를 왔다. 나훈과 셋이 둘러앉아 나경이 사 온 치킨을 뜯다 난데없이 마지막 고백을 받게 되었다. 사레들린 나훈이 잔기침을 뱉어대는 동안 나경은 눈 한 번 깜빡거리지 않고 진수의 답을 기다렸다. 이번엔 웃지 않았다. 진짜 마지막일 거 같았다.

"그래."

다소 건조한 대답이었지만 나경은 기뻐했다. 나훈이 옆에서 콜라를 끝없이 들이켰다. 나경이 사귀자고 말할 때마다 나훈이 옆에 있었다. 습관성 고백에 적응할 만도 한데 나훈은 매번 놀람을 숨기지 못했다. 나훈은 진수와 나경이 언제고 사귈 줄 알았다고 말했다. 하지만 동생과 절친이 사귀는 건 눈앞에서 목격해도 적응이 안 된다고도 했다.

"우리 오빠랑 너, 나중에 같이 빵집 해라. 반반씩 투자해서. 나랑은 싸워도 둘은 절대 안 싸우잖아. 같이 사업해도 틀어질 것 같지 않아."

왜 하필 빵집이었는지 모르겠다. 그때 눈앞에 빵집이 있어서 그랬던 건 아닌지. 나훈이 보육원에 들고 갈 빵을 사는 동안 나경과 밖에서 기다리며 그런 대화를 나눴던 것 같다. 나경과 함께 있으면 모든 것이 희미해진다. 시간도 대화도 행동도 모두. 선명한 건 나경의 얼굴과 목소리뿐이다.

"돈 없어."

닥치는 대로 입사지원서를 쓰던 어느 밤에 나훈에게 같이 빵집이나 할래? 하고 물었다. 반쯤은 농담이었는데 나훈은 진지한 얼굴로 고개를 저었다. 그래놓고선 엄마에게 찾아가 돈 좀 마련해달라고 당당하게 말했다고 한다. 돈을 받으면 나경에게 다 줄 테니 너희 둘이 빵집을 차려서 잘 먹고 잘 살라고 했다. 공부할 동안 뒷바라지 좀 해달란 말은 곧 죽어도 싫다면서 그 돈은 뭘 그렇게 쉽게 달라고 할 수 있었는지.

"누가 누구 앞날을 걱정해."

가끔 나훈이 현실과 아주 동떨어진 곳에 사는 사람 같이 느껴질 때가 있다. 힘들게 모은 돈을 전부 보육원에 기부하거나 다달이 월급 받으며 잘 사는 나경의 끼니를 걱정할 때가 그랬다. 나경이 취업 준비를 하던 시절에도 나훈은 오직 나경이 걱정뿐이었다. 입사원서를 내는 족족 면접을 보러오라는 연락을 받았고 면접에서도 한 번 떨어진 적이 없는데 말이다. 나경을 싫어하는 사람을 본 적이 없다. 얼굴에 그늘이 없어 그런 건가 싶어 나훈에게도 아랫니 윗니 다 드러내며 웃어보라고 했지만 암울한 분위기는 어찌해도 지워지지 않았다. 나경이 합격한 수많은 회사를 두고 고민 없이 인간을 냉동시키는 회사를 선택 했을 때 나훈은 처음으로 나경에게 화를 냈다.

"저 좋은 회사 다 놔두고 왜 하필 그 회사야!"

"연봉이 제일 세. 복지도 제일 좋고. 우리나라에서 제일 잘 나가는 기업이잖아. 가족이 냉동되면 반값 할인도 해준대. 관심 있음 얘기해."

나경은 나훈이 흥분을 하든 말든 심드렁하게 답하고는 출근 준비를 했다. 나훈은 그로부터 6개월 동안 나경을 본체만체했고 나경은 그러거나 말거나 나훈을 부지런히 쫓아다니며 할당량의 말을 쏟아냈다. 나경은 단지 엄마 때문에 감정이 요동치는 게 싫어 노력하는 것이었다. 냉동 인간에 대해 예민하게 받아들이지 않으려는 것도 엄마 때문이었다. 마음을 비우면 화가 나지 않는다. 엄마에게 소진할 감정 따위 남겨두고 싶지 않았다. 미워하는 마음이나 시간조차 아까울 정도로 나경은 엄마에게서 마음을 멀리 떼어놓았다.

"나한테 결혼하자고 하지 말아줘. 그렇다고 날 버리는 건 아니지? 버리지 마. 우리 오빠도 나도 제발 버리지 마."

나경은 초반부터 결혼에 관해선 선을 그었다. 결혼은 생각도 해본 적 없는 나이에 진지하게 결혼이야기를 꺼내서 진수는 또 웃고 말았다. 나이가 더 들면 마음이 바뀔 수도 있다는 전제를 달긴 했다. 결혼을 하고 싶어지면 자신이 먼저 말을 하겠다고, 그땐 진수 더러 꼭 거절해달라고 당부했다. 상처받아도 괜찮으니 자기 인생에 결혼은 없게 해달라며. 결혼이 그렇게까지 싫은 이유가 뭘까 나경의 입장이 되어 생각해보려 했는데 마음에 잘 와닿질 않았다. 같은 일을 겪어보지 않은 사람에게 완전한 이해란 어려운 것이다. 나훈에게 결혼에 대해 생각해본 적 있냐고 물은 적 있다. 그냥 궁금했다. 한날한시에 태어나 같은 환경에서 살아온 쌍둥이니까. 나훈은 완벽한 결혼생활을 꿈꾼다고 했다. 안정적인 직장을 얻은 후에 사랑하는 사람과 결혼을 해서 아이를 낳고 하늘에서 내려온 순서대로 다시 올라가는 삶. 진수는 나훈의 꿈이 꼭 이뤄지길 바랐다. 나훈을 처음 만난 날을 기억한다. 중학교 입학식이었다. 운동장 한가운데 멀뚱히 서서 교문 밖에서 손을 흔드는 엄마들을 쳐다보고 있었다. 그때 나훈의 얼굴엔 지금과 같은 그늘이 없었던 것 같기도 하다.

나훈이 새 운동화가 든 박스를 품에 안고 걸었다. 보육원 아이들 중 나이가 제일 많은 태형이를 위해 준비한 선물이었다. 열여덟 살 태형이는 내후년에 보육원을 떠나야 한다. 나훈은 유난히 태형이 눈에 밟힌다고 했다. 십 년 전에 보육원에 맡겨진 태형이는 곧 데리러 오겠다는 엄마의 말을 지금껏 믿고 있다. 연락이 닿지 않는 엄마를 기다리는 태형에게 다른 사람들은 무슨 사정이 있을 거라고 머지않아 다시 만나게 될 거라는 위로를 건넸지만 나훈 만은 엄마가 너를 버린 거라고 다시 찾아와도 용서하지 말라고 단호하게 말했다.

"나중에 빵집 차리면 태형이 아르바이트 써줘야 한다."

나훈은 미래를 말할 때 항상 자신을 빼놓았다. 그 부분이 늘 진수를 불안하게 했다. 오래도록 혼자 고민하다 나경에게 고민을 털어놓았다. 혼자만의 생각인지 나경도 그렇게 느끼고 있는 건지 알고 싶었다.

"걱정하지 마. 우리 셋은 함께 살 거야. 너랑 오빠는 빵집을 하는 거고 나는 열심히 회사에 다니는 거지. 내가 퇴직하면 다 같이 하와이로 여행 가자."

해맑간 얼굴로 미래를 얘기하는 나경의 목소리를 듣고 있으면 걱정이 사라진다. 왜 네 멋대로 우리의 미래를 정하는 거냐고 따지면 내가 제일 똑똑하니까 라고 새침하게 말했다. 나경을 보면 자꾸 웃음이 났다. 어디서든 저렇게 당당하게 살면 좋을 거 같았다. 언젠가 회사 사람들과 길을 지나는 나경을 우연히 마주친 적 있다. 나경은 진수에게 가벼운 눈짓만 보내곤 회사 사람들을 뒤따라 총총 걸어갔다. 그 모습이 몹시 낯설어 보인 건 특유의 쾌활함과 수다스러움이 보이질 않았기 때문이겠지. 기특하기도 하면서 안타깝기도 한 복합적인 감정이 몰려와 한참을 그 자리에 서 있었다. 나경이 쉬고 싶을 때 쉴 수 있게 해줄 사람이 되고 싶은데 어쩐지 자신이 없었다. 그런 일은 일어나지 않을 거 같은 예감이 깊었다.

　나경은 딱 한 번 보육원 정기봉사에 동참한 적이 있다. 별말도 없다 집을 나서는 진수를 보고는 대뜸 옷을 입고 따라나섰다. 그날은 꽤 많은 봉사자가 몰렸는데도 봉사 모임의 회장인 나훈은 자리에 앉아 한번을 쉬질 않고 바쁘게 돌아다녔다. 낡은 건물이라 여기저기 손 볼 곳이 많았다. 건조기에서 막 나온 따뜻한 수건을 개키는 나경 곁을 대여섯 살쯤 되는 여자아이들이 빙글빙글 돌며 뛰었다. 나경은 말없이 미소만 지어 보였다. 집으로 돌아가는 길에 봉사 모임 회원들과 다 같이 냉면을 먹었다.

　"담에 또 같이 올 거지?"

　나훈이 냉면의 계란을 나경에게 옮겨주며 물었다. 나경은 고개를 저었다. 나훈은 다시 계란을 뺏어와 자신의 입속에 밀어 넣었다. 나경이 입을 삐쭉대며 냉면을 후루룩 집어삼켰다. 진수는 와하하 웃음을 터트렸고 봉사 모임 회원들은 뭐가 그리 웃기냐며 같이 좀 웃자고 말을 걸어왔다. 둘러앉은 사람들끼리 두런두런 이야기를 이어나가며 다음 봉사를 약속했고 사정상 참석을 못 하는 회원들은 물질적 후원을 약속했다.

　"회사에 아이들이 있대. 작은 아이들. 그 보육원 출신도 몇 명 있다기에 궁금해서 따라가 본 거야."

그날 밤 나경은 여느 날처럼 전화를 걸어왔다. 작은 아이들이 왜 그 회사에 있는 거냐고 물으려다 문득 보육원 원장님이 걱정을 담아 털어놓던 고민이 떠올랐다. 입양을 기다리는 아이들은 많은데 입양을 원하는 사람은 적다고, 대여섯 살만 되어도 입양하길 꺼린다고, 아이들이 무럭무럭 자라는 게 안타까울 때가 있다고.

"나라에서 지원금을 준대. 어릴수록 입양의 가능성이 커지니까. 걷지도 못하는 애들을 냉동시키는 거지. 입양 보내려고. 누구 머리에서 나온 생각인진 몰라도 꽤 잔인하지 않아?"

봉사를 다니며 많은 아이들을 만났다. 부모가 잠시 맡겨둔 애들도 있었지만, 대부분은 누가 자길 낳았는지도 몰랐다. 그중 몇이나 입양됐더라. 아이들은 잠들기 전에 매일 기도를 드렸다. 좋은 부모님을 만나게 해주세요. 스스로 기도를 할 수 있는 나이의 아이들이 입양될 가능성은 얼마나 될까.

"막상 보육원에 가서 보니까 애들을 위해선 어쩌면 그편이 낫지 않을까 싶어지기도 하더라고. 애들이 관심받고 싶어서 내 주변을 맴돌 때 어쩐지 옛날 생각도 좀 나고. 나도 참 엄마의 사랑이 고팠었거든. 지금은 전혀 아니지만. 그 나

162

이에만 받을 수 있는 그런 사랑이 있잖아. 그 애들이 전부 좋은 부모를 만났으면 좋겠어. 그렇게만 된다면 잠시 냉동 되는 것도 괜찮을 거 같아. 행복해지기만 하면 다 괜찮을 거 같아."

나경이 엄마라는 단어를 오랜만에 입에 올렸다. 나경의 마음에도 그 결핍이 짙게 자리 잡고 있는 거겠지. 영원히 지울 수는 없는 거겠지. 진수는 나훈에겐 그에 관해선 한마디도 하지 않았으면 좋겠다고 말했다. 나훈이 알면 난리를 칠 테다. 막을 힘도 없는 주제에 아무 대책도 세울 수 없으면서 난리만 칠 테다.

"내가 바보냐?"

그날 나경은 유달리 일찍 전화를 끊었다. 할당량의 말을 다 쏟아내지 못한 것 같은데 눈꺼풀이 무겁다고 했다. 잘 자라는 말을 들었는지 모르겠다. 나경이 나지막한 목소리로 다 지겹다고 말하는 걸 들은 것 같다. 혼잣말인지 잠결에 뱉은 말인지 아무튼 나경은 잠드는 순간까지 말을 해야 하는 사람이니까.

작은 아이들이 한 명씩 사라지면 그보다 좀 더 큰 아이들의 기분이 어떨까 생각해보려 했지만 역시나 마음에 잘 와닿질 않았다. 타인의 이해를 바라는 일은 이래서 어려운 것인가 보다. 진수는 침대에 누워 쌍둥이 남매에 대해 생각했다. 그 둘은 서로를 완전히 이해하고 있을까. 둘은 너무도 다르지만, 완전히 같은 사람이기도 했다. 진수에게 그 둘이 꼭 필요한 건지 그 둘에게 진수가 없으면 안 되는 건지 잘 모르겠다. 연민, 우정, 사랑, 우애. 그 모든 감정이 섞여야만 완성되는 안정감은 셋이 함께 있을 때 유유히 흘러갔다. 진수의 눈꺼풀이 무겁게 내려앉았다. 행복해지기만 하면 다 괜찮을 거라던 나경의 따스한 목소리가 귀에 맴돌았다. 나훈에게도 이 목소리가 들리면 좋겠다는 생각을 했다.

19.

기한은 온종일 침대 위에 누워 무료한 시간을 죽였다. 새로 얻은 삶은 기대와 달랐다. 종일 잠만 자는데도 그녀는 꿈에 나와 주지 않았다. 아무런 꿈이라도 좀 꾸면 좋을 텐데 얼마 전에 꾸었던 꿈을 마지막으로 더는 꿈도 꾸지 않았다. 이번 생엔 꿈을 꾼다는 걸 굳이 숨기며 살지 않을 작정이었다. 그런 걸 두고 수치스럽다고 말하며 쉬쉬하던 엄마가 없으니까.

이름도 나이도 모르는 그녀를 사랑하기는 하는 건지. 꿈대로라면 그녀는 기한에게 푹 빠져서 헤어 나오지 못해야 했다. 꿈은 둘이 마주치는 것에서 분명하게 끝이 났다. 그다음 한 컷만 더 보여줬어도 좋았을 텐데. 그녀를 진짜로 만나게 되었을 땐 참으로 반가웠다. 반가움을 사랑이라고 착각했던 걸까. 기한은 자신의 마음을 헤아릴 수가 없었다. 그녀가 그립고, 보고 싶나? 아니. 그 꿈이 기한에게 무엇이었는지 생각하느라 더 많은 시간을 보냈다. 그녀와의 만남이 거기서 끊어질 거라고는 예상하지 못했기에 소진할 감정 따위가 애초에 없었던 건지도 모르겠다. 좀 산뜻하게 새 삶을 시작하나 했더니. 아쉬운 건 그런 거였다. 혼자가 되었다는 거. 그녀가 애타게 기한을 기다리고 있을 줄 알았는데. 기한에게 절절 매달릴 줄 알았는데. 그녀만 믿고 여기까지 건너왔는데. 그녀는 정말로 기한을 사랑하지 않는 걸까.

꿈을 꾸지 않았다면 어떤 인생을 살았을까. 아찔하기만 하다. 때마침 꿈에 나타나 사랑에 빠져준 그녀에게 감사하기만 하다. 그녀는 기한의 은인이기도 했다. 단순한 도망을 사랑의 도피로 둔갑 시켜 주었으니. 그녀에게 반하지 않은 것도 아니다. 꿈에서만큼은 그녀 없이 살 수 없다는 위협을 느낄 정도로 사랑을 했다. 그건 그녀도 마찬가지였을 거라 확신한다. 꿈이 보여주지 않은 뒷이야기는 기한의 손으로 풀어나가면 된다. 중요한 건 그녀와 기한의 앞날이 아니었다. 그런 건 사실 안중에도 없었다.

며칠 전 묘한 꿈을 꾸었다. 눈을 뜬 순간 알 수 있었다. 이건 그냥 꿈이 아니다. 언제고 일어날 현실이다. 규선이 꿈에 나왔다. 규선은 혼자 걷고 있었다. 4차선 도로 위에 있는 횡단보도 근처였다. 보행자 신호는 빨간불이었다. 차가 한 대도 오가지 않았다. 많이 늦은 시간이었다. 규선은 신호를 무시하고 횡단보도를 건너기 시작했다. 약간 넋이 나간 것도 같았다. 터덜터덜 걷는 다리가 무거웠다. 라이트를 켜지 않은 차가 달려오고 있었다. 규선은 잠깐 멈춰 서서 암흑 속에서 빠르게 달려오는 자동차를 확인했다. 피할 새가 없었다. 너무 놀란 나머지 우스꽝스러우리만큼 이상한 포즈로 허둥대다 차에 부딪혀 저만치 날아갔다. 사람을 치고도 자동차는 질주를 멈추지 않았다. 바닥에 너부러진 규선을 향해 더욱 세게 달려갔다. 규선이 눈을 감았다. 자동차 바퀴가 몸을 밟고 지나갔고 이내 숨 쉬는 걸 멈추었다. 규선은 차와 부딪히기 직전 운전석에 앉은 남자와 눈이 마주쳤다. 이를 꽉 물고 핸들에 상체를 바짝 붙인 남자의 얼굴을 보았다.

기한, 바로 자신이었다.

잔인하게도 꿈은 거기에서 끝이 났다. 늘 이런 식이다. 꿈이 친절했던 적은 한 번도 없었다.

이건 지금껏 꿔왔던 꿈과는 차원이 달랐다. 오십 년 만에 깨어났는데. 아직 젊고 엄마가 남겨둔 돈도 꽤 많은데. 집도 있고 얼마 전엔 차도 한 대 뽑았는데. 그 차로 그런 짓을 저지르게 된다니. 사람 사는 건 거기서 거기라 그런지 세상은 별로 변하지 않은 듯했지만, 상황이 달라져서인지 공기가 달콤했다. 취업 스트레스에서 벗어났다는 것만으로도 세상은 달라 보였다. 누구의 아이인지도 모를 애를 들이밀며 책임지라고 소리를 질러대는 여자도 없었다. 앞으로 뭘 하며 살아야 할지는 찬찬히 생각하면 되었다. 재촉하는 사람도 없고 당장 굶어 죽을 일도 없다. 모든 게 완벽한데 꿈은 경고했다. 기한의 앞길이 순탄치만은 않을 거라고. 꿈에서 본 자신의 표정으로 짐작건대 그건 사고가 아니었다. 기한은 규선을 보고도 브레이크를 밟지 않았다. 대체 왜? 죽이고 싶을 정도로 규선을 증오했었나?

특별히 좋아한 적은 없다. '김기한'이라는 이름을 두고도 규선은 매번 'B-17903'이라고 불렀다. 한심하게 쳐다보는 노골적인 시선도 모르는 게 아니었다. 그렇지만 이번 생에 만난 사람을 통틀어 규선이 제일 나았다. 현실 적응프로그램에서 만난 사람들은 무리를 지어 끼리끼리 어울렸다. 몇몇이 기한에게 접근했지만, 기한은 그 무리에 섞이고 싶지 않았다. 시시해 보이거나 지나치게 말이 많은 사람들뿐이었다. 규선은 선을 분명하게 지키는 사람이었다. 입이 무겁고 사교적이지도 않았다. 질척거리는 건 딱 질색인데 규선에게선 그런 기미가 전혀 보이지 않았다. 다른 건 다 제쳐두더라도 일단 가까이 두면 좋을 사람이었다. 서류상의 나이는 의미 없다 치고 형이라 부르며 따르고 싶었다. 도움을 청하기 딱 좋을 스타일이니까. 사회생활도 적당히 했고 촉망받는 기업의 팀장이란 직책도 달고 있는 것도 좋고. 곁에 두어도 손해 볼 것 없는 그런 사람이었다. 친하게 지내면 좋겠다 싶었는데 그런 사람을 대체 왜? 이런저런 일들을 저지르고 도망쳤지만, 사람을 죽이다니. 그 정도로 악질은 아니다. 뭔가 잘못된 게 아닐까. 꿈은 반드시 실행된다. 막아야만 한다. 살인자로 낙인찍힌 채로 살아갈 수는 없다. 또다시 도망자 신세가 되고 싶지 않다.

규선을 만나야 했다. 경고해야 했다. 늦은 밤에 신호를 무시하며 횡단보도를 건너지 말라고. 기한은 적응훈련을 모두 수료했다. 규선을 만날 구실이 없었다. 무작정 회사로 찾아갔는데 입구에서 거부당했다. 휴대폰 번호라도 미리 알아두었다면 좋았을 텐데. 규선에게 볼일이 있다고 부탁했지만 사무실까지 전달되지 않는 듯했다. 사무실에 적당히 들락거릴걸. 후회가 밀려왔다. 그저 심심했을 뿐인데. 규선을 만나지 않으면 그 일이 일어나는 걸 막을 수 있을까. 새벽에 나가 차를 몰지 않으면 규선을 죽이지 않을 수 있을까. 기한이 그날 꾼 꿈에 대해 아는 거라곤 아주 늦은 밤에 일어난 사고라는 것뿐이다. 흔한 4차선 도로였다. 어디인지도 모르는. 주변에 불 꺼진 건물이 많았다. 그래서 더 불안한 거다.

밤에 운전만 하지 않으면 살인자가 되지 않을 수 있을까. 하지만 언제까지 조심하고 살아야 하는 거지. 라이트는 왜 켜지도 않고 운전을 했을까. 규선을 보고서도 왜 멈추지 않았을까. 조심해야 할 사람은 기한이 아니라 규선이다. 알아내야만 한다. 이렇게 누워서 다시 꿈을 꾸기만을 기다릴 수는 없다. 어차피 그 일과 연관된 꿈이라면 꾸지 않을 것이다. 꿈은 불친절하니까.

기한은 하루 날을 잡아 작정하고 회사 앞에서 규선을 기다렸다. 규선은 퇴근 시간이 한참이나 지나고 난 후에야 모습을 드러냈다.

"오랜만이에요!"

기한이 반갑게 손을 흔들었다. 규선이 멈칫하며 당혹스러워했다.

"섭섭해요. 몇 번 찾아갔는데 만나주지도 않고."

규선을 보자 꿈에서 본 일이 더욱 선명히 떠올랐다. 몸조심해요, 내가 당신을 죽일 거거든. 경고하러 온 건데 차마 입이 떨어지질 않았다. 아무래도 이해가 가지 않아서. 대체 왜. 이 남자를 왜.

"그랬습니까. 제가 하는 일이 워낙 많다 보니."

규선이 한걸음 다가왔다. 붙잡고 서 있는 게 미안하리만큼 피곤에 찌든 얼굴이었다.

"괜찮아요. 이렇게 만났으니까."

"그런데 무슨 일로 저를…."

규선은 피곤해 죽겠다는 표정으로 물었다.

"술 한잔할래요?"

"아…."

규선이 망설였다.

"할 말이 있어서요. 중요해요. 내가 살게요. 그동안 많이 고맙기도 했고. 저기로 가요. 잘 아는 데가 있어요."

기한은 다짜고짜 규선의 어깨에 손을 올리고 등을 떠밀었다. 오래된 친구가 된 것 같았다. 기분이 썩 나쁘지 않아 꿈을 꼭 막아야겠다고 생각했다. 규선은 거절하지 못하고 기한이 떠미는 곳까지 걸음을 옮겼다.

기한은 음식이 나오기 전부터 홀짝홀짝 술을 마셨다. 규선은 술을 못 마신다고 했다. 못 마시는 건지 안 마시는 건지 알 수 없지만 상관없었다. 기한이 대신 취하면 되니까. 두 시간도 채 지나지 않아 기한은 정신을 잃었다. 몸을 못 가눌 정도로 취한 건 아니었다. 그런 척을 하고 있을 뿐. 규선은 난감해하더니 기한과 함께 택시를 탔다. 몇 번 흔들어 깨우며 집이 어디냐고 물었다. 기한은 대답해 주지 않았다. 오늘 대신 계산해 준 건 다음에 더 후하게 갚겠다고 다짐했다.

택시는 규선이 말한 곳에 멈추어 섰다. 규선이 기한을 업었다. 슬쩍 눈을 떴다. 꿈에서 본 그 4차선 도로였다. 아무런 수확도 없는 건 아니었다. 장소는 알아냈으니 되었다. 더 알아낼 수 있다면 좋을 텐데. 규선은 예상대로 기한을 집으로 데리고 왔다. 기한을 침대 위에 던지듯 눕히고 욕실로 들어갔다. 곧이어 쏴하고 물이 쏟아지는 소리가 들려왔다. 서둘러야 한다. 술을 너무 많이 마셨다. 여차하면 곯아떨어질 수도 있다. 뭐든 알아내야 한다, 뭐든. 무거운 몸을 일으켰다. 차가운 물 한잔이 간절했지만 그럴 여유가 없었다. 온 집을 다 돌아보는데 열 걸음도 채 필요하지 않을 만큼 좁은 집이었다.

"찾았다."

하마터면 소리를 지를 뻔했다. 기뻤다. 짜릿했다. 왜 기분이 좋은 거지? 원하던 걸 찾아서? 침대 옆 협탁 위에 바싹 말린 꽃다발 하나가 누워있었다. 기한이 잘 아는 꽃다발이었다. 꿈에서 본 대로 한 송이 한 송이 직접 골랐으니까. 포장까지 일일이 참견해가며 만든 꽃다발이니까.

"이름이 가은이었구나."

꽃다발 옆에는 규선과 나란히 서서 예쁘게 웃고 있는 가은의 사진이 있었다. 가은의 흔적은 좁은 집 구석구석 아주 많았다. 규선을 보고도 브레이크를 밟지 않은 이유를 알게 되었다. 기한이 가은을 얼마나 사랑하고 있었는지 깨닫게 되었으니. 사진 속 가은을 보자 가슴이 뜨겁게 불타올랐다. 기한은 가은을 만나기 위해 오십 년을 기다렸다. 그녀를 만나자마자 단숨에 사랑에 빠졌다. 기한과 가은의 사이가 좁혀지지 않은 건 규선 때문이었다. 가은은 규선을 떠나지 못하고 있다. 8년의 세월 때문에. 착한 여자니까. 가은도 기한을 보자마자 단숨에 사랑에 빠진 게 틀림없다. 꿈에서도 보았고 현실에서도 보았다. 더 사랑하는 게 불가능할 만큼 둘은 서로를 사랑하고 있다. 이제야 모든 게 확실해졌다. 얽히고설킨 이 관계를 풀어내지 못하면 사고가 일어나는 거다. 규선도 가은을 순순히 내어주진 않은 모양이다. 그러니 브레이크를 차마 밟지 않은 거겠지.

꿈은 실현된다. 실현되어야만 한다. 하지만 이번만큼은 그대로 둘 수가 없다. 바꾸어야만 한다. 막아야 한다. 그리고 가은을 되찾아야만 한다. 오십 년을 기다렸다. 오십 년을.

20.

세월이 참 빠르다. 영원히 젊을 줄 알았는데 축 처진 얼굴에 주름이 자글자글하고 무성했던 머리에는 빈자리가 늘어갔다. 시궁창 같은 인생이었나? 글쎄. 눈을 뜨면 일을 하고 집에 돌아오면 눕기 무섭게 잠이 든다. 이만하면 괜찮지 않나 싶다. 굴곡 없는 인생은 재미없으니. 까무룩 잠들면 그만이다. 이상한 평화가 오래도록 지속되었다. 스스로도 이해되지 않을 정도로.

단 한 번이었다. 한 번일 수밖에 없다. 그런 일이 또 일어나선 안 된다. 그 후로 그런 충동이 일어난 적은 없었다. 충동? 아니다. 충동적으로 벌인 일은 아니었다. 그러지 않고는 버틸 수가 없어 벌어진 일이다. 계획된 일도 아니었지만, 이성을 잃은 것도 아니다. 쓰레기를 치워버려야겠다는 생각이 강했다. 어린 시절의 단순한 치기가 아니었다. 인정의 문제다. 멋대로 이상한 사람 취급을 해서 기대에 부응해줘야겠다고 생각했다. 그 이상도 그 이하도 아니었다. 피해망상에 시달리던 사람들이었고 진광은 그 피해망상의 피해자였다. 사람을 죽인 건 이유 불문하고 명백히 잘못한 일이다. 그 죄를 부인할 생각은 없다. 징역 23년이 구형되었다. 성실히 복역했다. 그 안에서 알게 된 사람들 모두 진광이 사람을 죽였다 하면 놀랐다. 무슨 사연이 있었겠지, 라며 말을 흐렸다. 억울한 누명을 쓰게 된 건 아닌지 대신 알아봐 주겠다고 나서던 사람도 있었다. 그때마다 진광은 고개를 저었다. 죄를 지었습니다. 사람을 죽였습니다. 둘이나 죽였습니다. 신에게 고하듯 죄를 고백했다.

그들의 명복을 빌어줄 생각은 없다. 후회는 없다. 제정신이 아닌 사람들이었다. 제정신이 아니면 그냥 조용히 살 것이지 진광의 삶에 주제넘게 끼어들었다. 덕분에 이름도 나이도 감춘 채 누구와도 어울릴 수 없는 삶을 살게 되었다. 죗값의 연장선이라고 생각하며 감내하고 있다. 최근 차선과 자주 만났다. 어쩌다 오가게 된 빈티지 옷가게의 사장이었다. 출소 후 목공소에 일을 하게 되었다. 거기서 받은 작업복 몇 벌을 돌려 입고 다녔다. 차선의 가게에서 작업복 대신 입을 수 있는 옷을 값싸게 구할 수 있었다. 한 달에 두어 번 가게에 들렀다. 오 년쯤 지났을 때 차선이 슬그머니 말을 걸어오기에 최 사장이라 부르는 걸 허락했다. 그 무렵 작은 공방을 차려 도마나 주걱, 냄비 받침 같은 걸 혼자 만들고 있던 참이었으니. 차선은 진광이 먼저 밝히지 않은 건 굳이 물어보지 않았다. 공평해야 하므로 진광도 차선의 인생에 대해 캐묻지 않았다.

진광은 최근 차선의 이름을 알게 되었다. 호칭도 김 사장에서 차선 씨로 바꾸었다. 조만간 차선에게 이름을 알려주어야겠지. 그게 공평하니까. 이름을 알려주면 그다음엔 나이를 궁금해할 텐데. 그다음엔 가족, 직업, 살아온 시간들 순으로 밝혀야겠지. 너무 깊어지기 전에 이 관계를 끝내야 할까. 취향에 맞는 옷가게를 잃는 건 싫은데.

차선과의 관계에 대해 고민하던 중에 차선이 그 집에 살고 있다는 걸 알게 되었다. 차선에게 쳐두었던 벽이 일순간에 무너졌다. 이건 필시 인연이다. 그 집에 들어가 보고 싶은 충동이 일었다. 한동안 가은을 잊고 지냈다. 가은과 상관없는 일이기도 했다. 시작은 가은 때문이었지만 어느샌가 가은과 진광 두 사람의 문제를 벗어나 있었다.

가은의 엄마가 문제였다. 미친놈 취급을 해서 죽여 버렸다. 그 치욕과 모욕을 더 참을 수가 없었다. 가은의 엄마는 진광이 언제고 가은을 죽일 거라고 믿었다. 그건 사실이 아니었다. 가은의 엄마에게 질릴 대로 질린 진광은 가은이라는 이름만 들어도 치가 떨렸다. 사랑은 끝났고 사랑을 끝낸 건 가은의 엄마였다. 그냥 놔두면 저절로 식을 관계였기도 했다. 그러니 그 일은 명백히 가은 때문에 벌어진 일은 아니었다. 가은의 엄마는 진광을 감시했다. 어디서든 뒤를 돌아보면 진광을 미행하는 가은의 엄마가 보였다. 제정신이 아닌 건 진광이 아니라 가은의 엄마였다. 가은의 아빠는 바빴다. 집에서 무슨 일이 벌어지고 있는지 알 수가 없었던 게 당연했다. 새벽에 나가서 새벽에 들어오는 삶이 지속됐다. 가은의 엄마는 가은을 숨기고 살던 집도 떠났다. 가은의 아빠는 가은의 엄마가 들려주는 일방적인 이야기에 겁에 질린 얼굴로 부들부들 떨었다. 가은은 어디에도 없었다. 가은과는 그렇게 흐지부지 끝이 났다. 그녀의 부모 때문에 약간 남아있던 감정마저 소멸되어버렸다. 오만 정이 뚝 떨어졌다. 가은이 가엽기도 했다. 원치 않은 임신으로 어린 나이에 인생이 꼬여버린 자신의 부모에게 죄책감을 갖고 살았다. 매일 홀로 집을 지키며 오매불망 딸만을 기다리고 있는 엄마. 하루를 쉬면 다음 날을 보장받을 수 없는 가정의 경제문제로 평생 일만 해온 아빠.

진광은 가은이 차마 하지 못했던 말을 대신 전해주었다. 숨 막혀 죽을 거 같다고. 집에서 나가는 게 유일한 소원인데 죄책감 때문에 그럴 수가 없다고. 가은의 엄마는 그 말을 믿으려 하지 않았다. 그녀의 눈에 진광은 그저 자신의 딸을 스토킹하고 데이트 폭력을 일삼아 온 미친놈으로 보였을 테니까.

먼저 시작한 건 가은의 엄마였다. 휴대폰을 던졌던가. 이마가 찢어졌다. 거기까진 참을 수 있었다. 어렵게 입사한 회사에 찾아와 행패를 부렸다. 거짓말을 사실인양 떠들어댔다. 가은에게 전화를 했다. 미친 네 엄마 좀 어떻게 하라고 말하고 싶었는데 아무리 전화를 해도 받지 않았다.

사십 년이 지났다. 가은의 부모를 잊은 적은 없지만 가은은 종종 잊고 살았다. 요즘 들어 가은의 생각이 부쩍 나는 건 차선 때문일 테다. 아니, 차선이 살고 있는 집. 402호 때문이겠지. 어찌해도 영원히 잊을 수 없을 숫자. 402. 차선이 그 집에 살고 있다니. 헛웃음이 나올 정도로 어이가 없었다. 이럴 수가 있는 거야? 무슨 장난을 또 치려고 그러는 거지? 차선을 402호로 올려 보내놓고 빌라 앞 초라한 화단에 쪼그려 앉아 하늘을 올려다보았다. 그 일 말곤 별로 잘못한 것도 없잖아. 벌도 충분히 받았다고. 다소 억울한 면이 있었지만 어쨌건 사람을 죽인 건 사실이니까 변명하지 않았다고. 차선과의 연을 끊는 게 좋을 거란 하늘의 뜻일까. 고개를 저었다. 그런 걸 원하는 거라 해도 그러지 않을 것이다. 402호와 자신과의 질긴 연이 앞으로 또 어떤 식으로 인생에 영향을 미칠지 얼마간은 궁금하므로.

그리 오랜 시간이 걸리지 않았다. 이상하게 평화가 오래 지속된다 했다. 그런 건 진광에게 어울리지 않았다. 차선과 간단히 늦은 저녁을 먹고 커피를 마신 후 밤 자정이 가까울 때쯤 차선의 집 앞에서 헤어졌다. 담배나 한 대 피우고 가려고 화단 앞에 잠시 섰는데 서둘러 걸어오는 한 여자가 보였다.

"저기요!"

진광은 저도 모르게 여자를 불렀다. 여자가 진광을 돌아보았다.

"아."

짧은 탄성이 차가운 밤공기와 섞였다. 가은과 몹시 닮은 여자였다. 아니. 가은 그 자체였다. 수십 년이 지났다. 가물가물했던 그 얼굴을 마주하자마자 가은의 얼굴이 선명하게 떠올랐다. 진광은 여자를 앞에 세워두고는 한참을 바라보기만 했다.

"뭐 하시는 거죠?"

그런 진광의 태도가 당혹스러워서인지 여자가 불쾌한 얼굴로 짜증스레 말했다. 말투는 좀 다르긴 하지만 목소리는 비슷했다. 뭐지. 뭘까. 대체 무슨 상황인 거지.

"아닙니다. 죄송해요. 착각을 했어요. 죄송합니다."

진광은 머리를 긁적이며 멋쩍게 웃어 보였다. 여자는 뒤도 돌아보지 않고 쌩하니 빌라 안으로 들어갔다. 진광은 담배 한 개비를 꺼내 불을 붙였다. 가은과 닮은 여자가 그때 그 빌라로 들어갔다. 빌라에 엘리베이터는 없었다. 여자는 발소리를 죽였다. 아무리 귀를 기울여도 계단을 오르는 신발 굽 소리가 울리지 않았다. 무서웠나. 무서울 수도 있지. 세상이 흉흉하니까. 진광은 담배 한 대를 다 태우고 나서야 빌라 앞을 떠났다. 참 이상한 일이다. 가은은 진광과 나이가 같았다. 환갑도 지났을 것이다. 그러니 저 여자는 가은일 리가 없다. 그렇다 해도 이상하리만큼 닮았잖아. 가은이 아니라면 가은과 관련이 있는 사람인 걸까. 딸? 손녀? 그런데 왜 하필 이 빌라에서? 차선이 혼자 살고 있다고 했으니 402호 일리는 없고. 부모가 죽어 나간 곳에서 굳이 살게 놔두는 이유는 뭘까. 가족에게 옛일을 밝히지 않았나? 진광처럼 신분을 숨기며 살아왔나? 이름도 숨기고 과거도 숨긴 채.

아니다. 문제는 그게 아니다. 그냥 닮은 게 아니다. 너무 똑같아. 완전히 똑같다고. 가은 그 자체라고. 뭐지. 집으로 돌아가며 몇 번이고 뒤를 돌아보았다. 꿈이 아니다. 가은이 아닌 것도 아니다. 알 수 있었다. 가은이 아니라면 그렇게 느꼈을 거다. 가은과 닮은 누군가라고 했을 것이다. 그 여자는 가은이었다. 가은이 아닐 수 없었다.

밤새도록 그 여자만을 생각했다. 눕기 무섭게 잠이 들었는데 그날은 한숨도 자지 못했다. 지나치게 닮았다. 지나치게. 결국, 새벽같이 집을 나왔다. 궁금해서 도무지 참을 수가 없었다. 뭘 어떻게 하려던 건 아니었다. 가은은 그저 젊은 날 좋아했던 여자에 불과하니까. 한 층에 두 가구씩, 오 층까지 총 열 집. 관리실도 따로 없고 빌라 입구엔 보안 출입문도 없었다. 소리 나지 않게 조심스레 우편함을 뒤졌다. 대부분이 광고전단이었다. 전단지 사이에 위태롭게 끼어 있는 우편물 한 통을 발견했다. 201호. 뒤통수를 한 대 세게 후려 맞은 것처럼 머리가 얼얼하게 아파왔다.

이가은.

도시가스 청구서 앞에 가은의 이름이 선명하게 찍혀있었다. 예감이 맞았다. 그 여자는 가은이었다. 가은이 틀림없었다. 진광은 가은의 이름을 물끄러미 바라보다가 허허허 웃고 말았다. 참으로 질긴 인연이다. 어떻게 이런 데서 다시 만날 수가 있는 거지? 세월이 이만큼이나 흘렀는데 어떻게 조금도 늙지 않은 거지? 앳된 모습이 조금 사라진 거 같긴 하지만 그 모습 그대로다. 육십 대의 얼굴이 아니었다. 진광은 우편물을 제자리에 꽂아두고 나와 빌라를 올려다보았다. 201호와 402호를 번갈아 보며 고개를 갸우뚱했다. 그래서 이제 뭘 어떻게 하라는 거지? 왜 이런 일이 벌어진 거지?

21.

은태는 노크도 없이 국장실 문을 벌컥 열고 들어갔다. 전화를 받고 있던 국장이 못마땅한 얼굴로 은태를 흘긋 쳐다보았다. 국장의 맞은편에 꼿꼿이 서서 전화가 끊기길 기다리는 은태의 얼굴이 비장했다.

"뭐야?"

국장은 마지못해 전화를 끊으며 은태를 올려다보았다.

"묻으라고요?"

"그래. 묻어."

"진심이세요?"

"이미 묻혀있던 사건이야."

"그러니까 들춰내야죠!"

"들춰내면 드러날 거 같나?"

"장기밀매 사건이에요! 정부, 기업 전부 조직적으로 얽혀 있다고요!"

"차은태! 파묻고 잊어!"

"싫습니다. 세상에 알릴 겁니다. 그게 제 직업이니까요."

국장은 은태의 얼굴을 물끄러미 바라보았다. 그 매서운 눈빛에 격앙된 감정이 순식간에 가라앉았다.

"결혼한 지 얼마나 됐지?"

"오 년이요."

"자식은."

"없습니다."

"그래서 삶에 미련이 없는 건가?"

"네?"

"그 사건과 같이 파묻히고 싶은 거냐고 묻는 거야."

"무슨 말씀을 그렇게 살벌하게 하십니까."

"내가 농담하는 거 같나?"

국장은 입을 다물었다. 펜을 잡고 책상 위에 너부러진 업무에 집중할 뿐이었다.

"국장님!"

은태가 고집스럽게 국장을 불러댔지만, 국장은 눈길 한 번 주지 않았다. 확답을 받지 않곤 절대 나가지 않겠다는 결심을 하고 국장실을 찾았다.

"정말로 묻으실 겁니까?"

국장은 꼿꼿이 서 있는 은태를 끝까지 모른 척했다. 은태는 국장을 존경했다. 세상에서 가장 믿을 수 있는 사람이 누구냐고 묻는다면 고민하지 않고 바로 국장이라 말할 수 있을 정도로 국장을 따랐다. 국장은 부끄럽지 않은 언론인의 정석이었다. 보도국에서 국장을 말릴 수 있는 사람은 없었다. 한다면 꼭 해내고야 말았으니까. 나라가 발칵 뒤집힐 만한 사건을 보도해 유명해지기도 했다. 국장의 올곧은 신념은 보도국의 자랑이기도 했다. 물론 모든 이들의 응원을 받았던 건 아니었다. 진실을 좇는 것보다 다른 것을 더 중시하는 사람들은 어디에나 있으니까. 어떤 외압에도 흔들리지 않고 사실을 보도하는 국장의 모습을 쭉 지켜봐 온 은태는 이번 사건을 묻으라는 국장의 지시에 적잖은 충격을 받았다.

"파묻어버리면 같이 파묻히죠, 뭐."

은태가 아무리 도발해도 국장은 눈 하나 꿈쩍하지 않았다. 실망감을 감출 수 없던 은태는 괜히 문에다 화풀이를 했다. 국장실 문이 요란하게 닫히는 소리가 보도국을 가득 채웠다. 사람들의 시선이 한꺼번에 쏠려도 은태는 아랑곳하지 않았다. 자리로 돌아가 모아놓은 자료를 훑으며 막막해진 앞날에 대해 생각했다. 세상이 이렇게 돌아가도록 놔두어도 괜찮을까. 알고 있으면서 모른 척하는 게 맞을까.

인간을 냉동시키는 회사에서 장기밀매를 주도하고 있고 정부와 기업이 한통속이 되어 잇속을 챙기고 있다는 제보를 받았다. 신체를 냉동시켰다가 해동하는 기술이 보편화하였다고는 하지만 관리의 허술함에 대해 생각해 보는 사람은 드물 것이다. 해동되는 날짜가 정확히 약속되어 있지 않은 채 냉동되는 사람들이 있다. 불치로 분류된 질병의 완전한 치료제가 개발되었을 즈음이라든지 투자한 종목의 주가가 천 배 정도 올랐을 즈음이라든지 절대 실현될 리 없는 조건을 걸어놓고 산 것도 죽은 것도 아닌 채로 영원히 잠들어버린 사람들 말이다. 그에 상응하는 비용을 지불했다고 한들 회사에서 신체의 무의미한 보관을 지속해 주리라고 믿는 건 어리석은 결정이었다. 기약 없는 훗날 해동을 약속했던 사실을 기억해 주는 사람이 하나도 없을 때는 오고 한정된 공간에서 해동되는 숫자보다 냉동시키는 숫자가 압도적으로 많아질 때 이윤 추구가 목표인 기업에서 어떤 선택을 할지는 장담할 수 없는 노릇이었다.

은태도 본격적으로 취재에 나서기 전까진 별로 관심 두지 않았던 부분이었다. 영원히 해동될 기회가 없을 것 같은 사람들의 신체를 회사는 지속해서 보관해줄까. 전부터 제보는 알음알음 받아오긴 했지만, 이 분야에 관해선 원체 헛된 소문이 많이 도는지라 후순위로 밀어두고 모른 체하고 있었다. 무속인을 만나지 못했다면 아래에 파묻어둔 제보를 다시금 꺼내 볼 일은 영영 없었을 거다. 신체 냉동사업을 하는 회사의 건물 내에서 귀신을 보고 기절하는 사람들이 늘어났고 그 회사의 대표는 지역 내에서 가장 용하다는 무속인을 불러 주기적으로 위령제를 지내고 있다고 했다.

"음기로 가득 찬 터도 아닌데 영들이 너무 많더라 이거지. 그렇다고 해서 기가 센 것도 아니야. 거기가 사람 살리는 곳 아니겠어? 그런데 꼭 사람 죽어 나가는 장소인 것 마냥 그렇더라고. 어쩌겠어. 못 올라가고 있는데. 제를 올려야지. 그런데 참 이상하지? 한 번으로는 안 끝나는 거야. 보아하니 주기적으로 달래주고 눌러줘야겠더라고. 안 그럼 산 사람이 죽어 나갈 판이니까. 내가 비용을 좀 세게 불렀어. 말도 안 되게 말이야. 이름만 대면 다 아는 기업이라 그런지, 귀신 들러붙었단 소문이 무서워 그런지 그 자리에서 당장 입금하더란 말이지. 액수가 어마어마해."

위령제를 주도하는 무속인과 어렵사리 연락이 닿았다. 간단한 통화를 마치며 좀 더 자세한 이야기를 듣고 싶다는 의사를 전하자 무속인은 흔쾌히 응하겠다고 답해주었다. 기독교 집안에서 태어난지라 무속인을 가까이서 볼 기회가 없었다. 약속한 날 신당으로 찾아갔다. 안내하는 분을 따라 문을 열고 들어가니 무속인이 날카로운 눈매를 매섭게 치키며 곧 자식을 보겠어! 라고 말했다. 용하다고 소문났다더니 믿을 게 못 되나 하는 생각과 동시에 이번엔 혹시 성공하나 라는 희망이 얽히며 여기까지 온 목적이 희미해져 갔다.

아내와 난임 시술을 받으러 다닌 지 이 년이 넘었다. 은태와 아내, 둘에게 모두 문제가 있어서 임신의 가능성이 현저히 떨어진다고 했다. 둘은 임신에 관해 거의 포기한 상태였다. 사람들은 너무 쉽게 애는 왜 낳지 않느냐고 물어봤고 임신이 되질 않는다고 말하면 젊은 사람들이 왜 벌써 포기하냐고 나무랐다. 그런 게 아니라 정말로 임신 가능성이 낮다고 변명하면 마음을 편히 먹으면 다 생긴다는 위로 같지 않은 위로를 해댔다. 아이가 있어야 할까? 아내와 다각도로 상의하다 입양의 문도 열어놓기로 했다. 어영부영하다 아무것도 결정하지 못하고 이대로 나이만 드는 게 아닐지 조급해졌고 입양을 주관하는 기관 중 한 곳에 상담까지 마친 상태였다.

"자식이요?"

엉거주춤한 자세로 서 있던 은태는 무속인 앞에 무릎을 꿇고 앉았다. 남들이 너무 쉽게 해내는 일이 나에게만 어렵게 느껴질 때 사람들은 더 크게 절망한다. 생판 모르는 남 앞에서 무릎을 꿇게 되고 누구에게도 털어놓은 적 없는 속

이야기를 읊어댈 수 있게 되는 근본은 절박함에 있었다. 세상의 관심이 끊어진 곳의 취재가 더 쉬웠던 이유이기도 했다. 은태가 기자임을 밝히면 표정 없이 앉아있던 사람들의 눈에서 막연한 희망이 반짝이며 빛났다. 부당한 상황을 호소할 곳 없는 사람들은 작은 호의에도 쉽게 감동했다. 당신이 당한 억울한 일을 반드시 세상에 알리겠다는 말은 사명감 없는 말버릇일 뿐이었는데 사람들은 은태 앞에서 자세를 고쳐 앉고 깊숙한 곳에 집어넣어 버린 이야기를 꺼내왔다. 절박한 사람들을 시청률이나 화제성에 이용하고 있었던 건 아닌지 왜 이런 자리에서 스스로를 돌아보게 되는 걸까.

누굴 원망할 문제는 아닌데 예민한 날엔 아내가 눈에 거슬려요. 남들은 잘만 갖는 애가 왜 우리한테만 없는 건지. 아내한테 아무 잘못이 없는 걸 아는데도 자꾸 그렇게 돼요. 원망할 사람이 필요한 거 같아요. 만만한 게 아내니까.

하마터면 무속인에게 전부 말할 뻔했다. 무속인이 이해한다는 얼굴로 은태를 그윽하게 쳐다보았다. 아무 말도 하지 않았는데 속마음을 들킨 것 같아 얼굴이 붉어졌다. 여기서 이러고 있을 때가 아닌데 무속인의 입에서 또 다른 말이 나오길 가만히 기다리게 되었다. 포기했다고 말했지만 포기하고 싶지 않았던 것 같다. 어느 답답한 날엔 골목에서 만난 신당의 펄럭이는 깃대가 손짓을 하는 것처럼 보이기도 했다. 한평생 믿어온 종교 때문에 지나친 건 아니었다. 모든 걸 다 아는 듯 말하는 사람들의 태도에 지쳐있었다. 순진한 사람들만이 그럴싸한 거짓말에 놀아나는 것은 아니다. 정신을 똑바로 차리고 살아도 한순간에 얼마든지 피해자가 될 수도 있다. 행운은 사람을 가리지만 불운은 사람을 가리지 않는다.

"자식이 있어. 하나."

은태의 심장이 빨리 뛰기 시작했다. 당장 집으로 쫓아가 임신테스트기를 내밀고 싶어졌다. 이 모든 게 우연이라고 해도 임신만 된다면 평생 믿어온 종교를 버릴 수도 있을 것 같았다. 그렇게 간절했나. 간절하지 않은 척하고 살았나.

"네 핏줄이라고는 말 안 했는데?"

무속인은 꿰뚫기라도 하듯 은태를 빤히 쳐다보았다. 순식간에 몸이 싸늘해졌다. 오만가지 상상이 머릿속을 조잡하게 만들었다. 아내가 밖에서 아이를 낳아온다는 소린가, 남이 낳은 아이를 데려온다는 말인가. 아내를 못 믿는 게 아니었다. 무속인의 한마디 말에 온갖 경우의 수가 다 떠오른 것뿐이다. 은태는 다시 자세를 고쳐 앉았다. 휘둘리면 안 된다고 마음을 다잡았다. 비극적인 일의 절반은 증명되지 않은 말 한마디로 시작된다. 무속인은 웃음을 삼키려 앞니로 윗입술을 살짝 깨물었다. 어지럽혀진 마음을 원래대로 되돌리기가 어려웠다. 알아서는 안 될 일을 캐고 다니는 게 꼴사나워 이 자리까지 불려와 놀려먹는 게 아닐까. 남의 일을 입 밖으로 내뱉을 거라면 조금 더 명확해야 하고 그 모든 건 아니면 그만 식의 발언은 아니어야 한다.

"그런 게 알고 싶어 온 게 아닙니다."

은태가 둘 사이에 흐르는 기류를 끊어버리자 무속인은 재미지다는 듯 자세를 흐트렸다.

"먼 길 행차한 김에 겸사 겸사지. 돈은 안 받을게."

나이를 가늠하기 힘든 이유가 짙은 화장 때문이라 생각했는데 근심을 관통한 말의 칼날이 눈을 흐리게 만들었던 것 같다. 기자의 마음으로 마주 보자 화려한 의상과 화장 뒤에 가려진 민낯이 보이기 시작했다.

"거기서 뭘 보셨죠?"

"내가 뭘 봤다고 말한 적이 있나?"

통화로 이야기를 나눌 땐 뭐든 다 알려줄 것처럼 호의적이더니 막상 얼굴을 마주하자 무속인은 슬그머니 한 발짝 뒤로 물러섰다. 사람의 얼굴을 가만히 들여다볼 때 대화를 나눌 때보다 더 많은 정보를 읽어내기도 한다. 무속인은 이 상황을 다분히 즐기고 있었다. 자신이 본 것을 숨길 마음도 없지만 구태여 드러낼 의도도 없으니 입을 열게 만들어보라는 것 같았다. 무엇 때문일까. 왜 미끼를 던지는 걸까.

"뭔가를 제보하고 싶어서 만나자고 하신 게 아닙니까?"

"만나자고 말한 건 내가 아닌데?"

"해줄 말이 있다고 하셨는데요."

은태와 무속인 사이의 팽팽한 기 싸움이 이어졌다. 취재를 하러 다니다 보면 이러한 대치상황은 빈번히 발생한다. 뭔가 켕기는 것이 있거나 남의 일에 굳이 끼어들고 싶지 않거나 대가를 바라거나 하는 등의 이유로 입을 열기 꺼리는 사람들이 있다. 무속인의 경우는 좀 다르게 느껴졌다. 그저 이 상황을 즐기는 듯했다.

"이 일을 하려면 입이 아주 무거워야 해. 잘 맞추는 걸 제일 좋아라들 하지만 일단 신뢰가 바탕에 깔려있어야 하거든. 그게 내가 단골이 많은 이유이기도 해. 근데 말이야, 암만 생각해 봐도 이게 맞나 싶은 거야. 네 생각은 어때."

무속인은 은태가 듣길 원하는 단어만 쏙 골라내어 말을 이어갔다. 이대로 나가면 아무 소득 없었던 취재가 되고 말 것이다. 은태는 기어코 무속인의 입에서 그 단어를 끄집어낼 생각이었다. 뭉툭한 대화에 핵심은 빠지고 건질만한 거라곤 하나도 남아있지 않았으니까.

"무슨 생각이요?"

"다 알면서 뭘 자꾸 물어? 입 아프게."

"그러니까 그게 뭐냐고요."

무속인이 스륵 눈을 감고 방울을 흔들었다. 그의 몸이 푸르르 떨리길 몇 번 반복하더니 번쩍 눈을 떠 은태를 노려봤다.

"사람을, 하나 살릴 거야. 그 덕에 원하는 걸 얻게 되고. 세상은 못 바꿔. 바꿀 생각은 말아. 그럴 깜냥이 안 돼. 세상을 요란하게 만드는 일은 다른 사람한테 맡겨. 그만한 그릇은 타고나는 거야."

"그러니까 뭔 일이 벌어지고 있긴 하다는 거죠? 이를테면 아무도 찾지 않는 냉동 인간들의 장기를 거액으로 거래하는 일 같은 거?"

무속인의 입술은 붉은 립스틱으로 조금의 여백도 없이 빽빽하게 칠해져 있었는데 입꼬리를 한껏 위를 향하게 그려놓아 표정을 짓지 않아도 웃는 것처럼 보였다.

"내가 그 회사에서 위령제를 한 번 올릴 때마다 받는 돈이 얼만 줄 알아? 그 큰 회사에서 무당한테 말도 안 되는 액수의 돈을 뿌리는 이유가 뭐라고 생각해? 입 다물라는 거지. 뭐에 관해서? 글쎄. 나도 모르지. 내가 한 일은 영들을 달래서 하늘에 올린 것뿐이거든."

"이해합니다. 상호신뢰라는 게 뭔지 잘 아니까. 제가 물었던 말에 직접적으로 대답은 못 하겠지만 에둘러 말하자면 그곳에서 억울하게 죽어 나간 사람이 많다, 맞습니까?"

"사람이 거짓말을 하는 것처럼 영들도 거짓말을 한단 말이지. 말을 하는 것들은 다 어쩔 수 없나 봐. 뚫린 입이라고 멋대로 지껄이기는. 거기 사람들은 나한테 위령제를 지내달라는 것 말곤 한마디도 하지 않았어. 고로 내가 보고 들은 것의 출처는 모두 귀신들인데. 너는 내 말을 믿나? 무당이 한 말만 믿고 뉴스에 내보낼 수 있겠어?"

"취재에 응해주셔서 감사합니다."

은태는 벗어놓은 외투를 주섬주섬 입으며 신당을 나설 준비를 했다. 은근하게 퍼지는 향냄새가 온몸에 다 스며든 것 같았다.

"일이 맘처럼 안 풀려도 실망치 말고. 사람 하나를 살리는 게 더 큰 은덕이라고 하시네? 우리 장군님께서 말이야. 온 세상을 바꿀 순 없어도 한 사람의 인생은 바꿀 수 있다고."

은태의 뒤통수에다 대고 무속인은 마지막 당부를 남겼다. 염려했던 것만큼 긴장된 자리는 아니었지만 재방문할 가능성은 희박했다. 어차피 너무 바쁘신 분이라 예약을 잡으려 해도 최소 6개월은 기다려야 한다고 했다. 그래서 더 확신이 갔다. 언젠가 해동해주리라 믿고 신체를 냉동시킨 사람들 중 일부의 장기가 거래되고 있다는 제보가 완전히 허무맹랑한 소리가 아니라는 게.

그 뒤로 끊임없이 제보자들을 만나고 다녔다. 제보전용 메일함을 다 뒤졌고 온라인에 퍼진 익명의 글까지 삭삭 긁어모았다. 영원한 비밀은 없다. 어떻게 연관되었을지 모를 사람들이 예상치 못한 곳에서 불쑥 튀어나왔다. 물꼬를 튼 취재는 여러 갈래로 흩어지며 순탄하게 뻗어 나갔다. 국장은 다른 업무는 다 제쳐두고 당장 이 사건부터 면밀히 취재해 보도를 준비하라고 지시했다. 믿을 수 있는 소수의 팀원을 모아 팀을 꾸렸다. 국장이 뒤를 든든히 받쳐주고 있단 생각에 더 열심히 달렸다. 몇몇 형사를 만날 수 있었다. 강력계를 떠나 교통계나 지구대로 전출되어 그 사건에서 손을 뗀 지 한참이 지난 후였다. 이미 사건 조사가 꽤 진행된 상태였지만 집요하게 파고들 배짱이 없었단다. 자료를 좀 얻을 수 없냐는 물음에 형사는 명함 한 장을 건넸다. 은태보다 몇 년 앞서 취재를 나선 기자가 있었다. 자료는 대부분 소실되었지만 그중 몇을 기자에게 빼돌렸단다.

"먹고 살 만은 합니까?"

자리를 떠나려는 은태를 형사는 측은하게 바라보았다. 어떤 의도로 던진 질문인지 몰라 대답을 망설였다. 회사에서 주는 연봉이 적다고 생각해 본 적은 없다. 하지만 먹고 살 만하냐는 물음엔 글쎄. 갚아야 할 대출금도 많고 무속인의 말대로 자식이 생긴다면 충분하다고는 할 수 없을 것 같았다.

"아직 겁 없이 덤벼들 나이인 것 같아서. 충고 하나 하자면 이쯤에서 그만두는 게 좋을 겁니다. 먹고 살길이 끊기고 싶지 않다면 말입니다."

무릎을 짚으며 힘겹게 일어난 형사는 은태의 어깨를 툭툭 두드리곤 은태보다 먼저 자리를 떠났다. 은태는 창문에 비친 자신의 얼굴을 바라보았다. 그럴 깜냥이 안 된다던 무속인의 말이 자꾸 떠올랐다. 정말 그런가. 국장이 닦아놓은 길만 부지런히 따라가면 국장처럼 좋은 언론인으로 남을 수 있을 것이라 생각했는데 착각이었다. 국장은 오래도록 정치부장으로 지내다 지난해 말 보도국 국장으로 임명되었다. 부장의 자리에 있을 때도 현장을 직접 발로 뛰며 수많은 사건을 세상에 알렸다. 윗선에 미운털이 단단히 박혀가면서도 끝까지 물고 늘어졌다. 저렇게 물불 가리지 않고 달려들다간 목이 잘려 나갈 거라고들 했다. 융통성 있게 일하자는 소리를 귀에 박히게 듣고 살던 사람이 국장의 자리에까지 오르는 걸 보며 은태는 정의의 승리라고 생각했다. 이 일을 하다 보면 세상은 악의 축을 중심으로 돌아가고 있는 게 아닐까 하는 회의감에 허탈해지는 순간이 빈번히 발생한다. 돈이고 법이고 모조리 힘이 있는 자의 편에 서서 손을 들어준다. 아무것도 가진 게 없는 자는 억울해도 당해야만 하는 게 법이고 진리였다. 이미 충분히 가진 것들을 더 갖기 위해 혹은 지키기 위해 이상한 방식으로 약자를 괴롭힌다.

은태는 그 부조리함을 지속적으로 알리는 것이 자신의 역할이라 여겼다. 국장은 충실하게 그 몫을 해낸 사람이었다. 취재를 하면 할수록 겁이 났다. 은태가 다 감당할 수 있을 것 같지가 않았다. 형사가 쥐여준 명함의 번호로 전화를 걸었다. 현재 스포츠 잡지사의 기자로 일하고 있다는 그는 은태와의 만남을 거절하는 대신 형사에게 받은 자료를 우편으로 보내주겠다고 했다.

"몸조심하세요."

형사와 비슷한 말을 남기며 전화가 끊겼다. 전화를 건 사람이 국장이었다면 더 자세한 이야기를 들려주었을까. 이름만 대면 세상이 다 아는 유능한 기자였다면 좀 더 적극적으로 취재에 임해줬을까. 무력감에 몸이 무거워졌다. 아직 아무런 일도 일어나지 않았는데 이미 사지가 잘린 기분이었다. 국장은 은태를 믿는다고 말했다. 유일하게 믿는 후배라고도 했다. 은태를 두고 자신의 젊은 시절을 보는 것 같다고도 했다. 그 말에 도취되어 있던 시절도 분명 있었지만 은태는 이제 그만 국장을 붙잡고 전부 오해라고 말하고 싶었다.

신체의 냉동과 해동을 주 사업으로 하는 기업들이 우후죽 순 들어서던 시기가 있었고 시장은 금세 포화되었다. 자산이 튼튼하지 못한 기업들이 무너지는 건 순식간이었다. 문제는 망해가는 기업들이 보관하고 있던 신체였다. 보호자의 동의하에 계약된 날짜보다 앞당겨 해동 작업을 시행하기도 했고 다른 기업으로 이동보관을 신청하기도 했지만 아무도 찾아가지 않는 냉동된 신체들이 남아있었다. 보호자가 이미 세상을 떠났거나 연락이 되어도 포기하는 경우도 많았다. 아무도 찾아가지 않은 신체는 기업의 재산에 속했다. 그때 이 일들이 다 벌어진 것이다. 도산을 앞둔 기업은 소유하게 된 신체의 장기로 장사를 했다. 장기이식이 필요한 사람들과 위험수당까지 붙여 거액의 금액으로 거래를 했다. 절실함의 대가를 지불하지 못할 사람에게까지 소문이 뻗어 나가지 않도록 입단속도 시켜야 했다. 불법적인 일이 공공연히 진행되려면 그만한 힘을 가진 존재들이 눈을 감아줘야만 한다. 권력을 가진 쪽과 손을 잡고 새로운 생존방식을 터득한 기업들은 다신 자금난에 시달릴 필요가 없게 되었다.

"윤리적인 부분에서 큰 문제가 있다고 여기시는 거죠? 저희는 보는 각도에 따라 달라질 문제라 생각하고 있습니다만. 죽어가는 사람을 가만히 내버려 둬야 한다는 건가요? 살릴 가능성이 충분히 있는데도?"

새로 기획 중인 탐사보도 시리즈의 담당 PD와 도산을 코

앞에 두고 급성장을 이루었던 기업의 건물로 약속도 없이 찾아갔다. 쫓겨날 각오로 카메라까지 대동했는데 어째서인지 순순히 취재에 응하겠다는 답이 돌아왔다. 안내하는 대로 엘리베이터를 타며 지금까지 만나온 사람들 중 가장 수월하게 취재가 이루어지는 이유가 뭘까 생각했다. 경영지원팀의 총괄 매니저란 사람이 엘리베이터 앞에서 은태와 PD를 기다리고 있었다. 매니저는 두 사람을 넓은 회의실로 데리고 갔다.

"본인의 동의 없는 장기 적출이지 않습니까?"

"계약서입니다. 신체 냉동 시 본인 혹은 대리인이 서명하게 되어 있고, 여기 뒷면에 보시면 계약 조항이 상세히 설명되어 있는데, 천재지변이나 기업도산 또는 보관 장비의 문제 등과 같은 특수한 상황 발생 시 보호자의 동의하에 냉동보존을 중단할 수 있고 보호자가 부재할 경우 관리인의 결정에 맡길 수 있다. 보이시나요?"

"장기 적출에 동의한다는 말로 들리지는 않는데요."

계약서에 줄을 그어가며 설명하던 매니저는 눈썹을 까딱 들어 올리며 한숨을 목 뒤로 숨겼다.

"자. 여기 심장이식이 필요한 아이가 있습니다. 만 3세인 이 아이는 태어나면서부터 병원을 벗어나 본 적이 없습니다. 무작정 기증을 기다린 세월도 그만큼이겠지요. 중환자실에서 지속적으로 상태를 관찰하고는 있지만 언제 갑자기 심장이 멈출지 장담할 수도 없습니다."

매니저는 작고 여린 아이의 사진 한 장을 꺼내 은태 앞에 들이밀었다. 가슴에 줄을 여러 개 매달고 있는 아이의 평생이 어땠을지 도무지 상상이 가지 않았다.

"병원에서도 무턱대고 저희를 찾는 게 아닙니다. 정상적인 방법의 장기기증이 아니니까요. 그런데 또 이렇게 생각해보면 어떨까요? 소아 중환자실에는 심장이식이 필요한 아이가 두 명 있어요. 어느 날 감사하게도 심장 하나를 기증받게 되죠. 검사 결과 두 아이 모두에게 적합한 심장이라고 하네요. 그럼 그 심장을 누구에게 주는 게 맞을까요? 자, 여기서 조건을 하나 더 걸어보죠. 한 아이는 집안이 부유해서 병원비를 걱정해 본 적이 없지만 다른 아이의 부모는 이미 빚이 산더미에 수술비는커녕 이번에 수술을 받지 못하면 눈덩이처럼 불어나게 될 병원비까지 걱정해야 하는 신세입니다. 자, 그럼 여기서 다시 생각해보죠. 만약에 부유한 집안의 아이가 알아서 심장을 구해와 수술을 받았다 치는 겁니다. 그렇다면 기증받은 심장은 누가 받게 될까요? 기증 말고는 아무 방법이 없는, 그 심장이 꼭 필요한 아이에게로 갈 수 있는 겁니다. 모두가 살 방법이 생기는 거죠."

은태는 매니저가 하는 말을 가만히 듣고만 있었다.

"어차피 찾는 사람이 아무도 없는 사람들입니다. 냉동되겠다는 결심에는 깨어나지 못할 절반의 가능성이 포함되어 있습니다. 우리 기업은 윤리적 기준이 아주 명백합니다. 가족이나 보호자가 없어도 깨어날 이유가 있는 사람들은 건들지 않는 것을 원칙으로 두고 있죠. 이곳에 냉동된 사람들의 이유는 수백 수천 가지입니다. 그중에서 깨어날 가능성이 제로인 사람을 찾는 겁니다. 절대 이루어질 리 없는 일들, 그런 걸 꿈꾸고 신체를 냉동한 사람들 말입니다. 그런 사람들의 장기를 나누는 겁니다. 꼭 필요한 사람에게 새 삶을 주는 거죠. 그것이 저희의 또 다른 사업입니다."

카메라가 돌아가는데도 매니저는 말을 멈추지 않았다. 왜 묻지도 않은 말에 술술 답하고 있는 걸까. 밤새 외운 대사처럼 숨 쉬는 것조차 연습한 것처럼. 은태는 매니저의 손에 들린 파일을 뺏어 들었다. 냉동된 사람들의 정보를 모아놓은 파일이었다. 파일에 기록된 증명사진 속의 얼굴이 하나같이 죽은 사람처럼 보였다. 핏기없는 얼굴이 눈을 감고 있었다. 이 사람들의 상태를 뭐라고 설명할 수 있을까. 살아있다고 혹은 이미 죽었다고 아니면 한때 살아있었고 언제 죽을지 모른다고.

평생을 소아 중환자실에서 보냈다던 아이의 얼굴이 눈에서 지워지지 않았다. 그 아이 역시 눈을 감은 채로 사진이

찍혔지만, 숨결이 느껴졌다. 그 작은 몸으로 삶을 버티고 있었다. 살고 싶어서. 살아야 하니까. 옆에 앉은 PD가 찍고 있던 카메라를 끄는 소리가 들렸다. 같은 생각을 하는 걸까. 은태는 기계적으로 파일을 넘기던 동작을 멈추었다. 펼쳐진 페이지에서 또 다른 아이의 얼굴이 보였다. 이름 박지환. 만 3세. 은태는 파일 속 아이의 정보를 천천히 읽어나갔다. 이 아이는 3년 전 할머니에 의해 냉동됐다. 아이가 태어나던 날 아버지는 직장에서 사고를 당했다. 아이와 아버지가 동시에 살 수는 없는 운명이라고 주장하던 할머니는 독단적으로 아이를 냉동시켜버리고 입을 닫았다. 해동 시점은 아이의 아버지가 사망할 시라고 되어있었다.

"심장을 기증하게 될 아이의 파일을 용케도 찾으셨네요. 계약된 내용으로라면 아이는 석 달 전에 해동됐어야 합니다. 아이의 친부가 석 달 전에 사망하셨거든요. 그런데 아이를 데려가서 키울 사람이 하나도 남아있질 않더군요. 아이의 할머니가 아무에게도 말하지 않은 채 아이를 냉동시켜버렸거든요. 아이의 행방을 찾아 헤매던 아이의 엄마는 결국 할머니를 살해하고 자살해버렸어요. 저도 뉴스에서 보고서야 알았답니다. 그래서 이 아이의 해동은 보류가 되었어요. 보육원에서 자라는 삶이 나을지 소중한 생명을 나누는 일에 동참하는 삶이 나을지 판단을 해야 했거든요."

그제야 깨달았다. 은태 뒤로도 많은 언론인들이, 또 사건을 수사 중인 경찰들이 이 방을 드나들 것이다. 아무리 많은 사람이 이 방을 들렀다가 나가도 냉동 인간을 이용한 장기밀매사건이 세상에 드러날 일은 없을 것이다. 은태는 설득당했다. 설득당하지 않은 누군가는 자신의 자리에서 이 사건을 알리기 위해 힘쓰고 있을지도 모르겠다. 그들을 온 맘 다해 응원하는 편이 나을까.

"국장님이라면 끝까지 물고 늘어지라고 말씀하실 줄 알았습니다. 제가 알고 있는 국장님은 그런 사람이니까요."

은태는 휴대전화를 손에 꼭 쥐고 국장 앞에 당당히 섰다. 휴대전화의 카메라 앨범 속엔 며칠 뒤 심장을 도려내어 기증하게 될 아이의 파일이 담겨있었다. 총괄 매니저를 만나고 난 후 하루도 편히 잠을 자지 못했다. 다 맞는 말 같았고 또 틀린 말 같기도 했다. 어느 쪽이 맞는 건지 판단할 자격은 누구에게 있을까. 누구를 살리고 누구를 죽게 놔둘 권리가 인간에게 있긴 할까. 국장이라면 흔들리지 말고 취재를 계속해나가라고 말해줄 줄 알았다. 그런데 국장은 은태를 보자마자 취재를 중단하라고 지시했다.

"며칠 전에 내가 휴가 낸 거 알고 있나?"

"아니요."

여기저기 쫓아다니느라 너무 바빴다. 제대로 책상 앞에

앉은 시간이 채 한 시간도 되지 않을 정도로 열심히 취재를 하고 다녔고 지금 그 모든 노력이 물거품으로 돌아가려 하고 있었다.

"아내가 이십 년째 신장투석을 받고 있지. 일주일에 두 번. 얼마나 고통스러워하는지 몰라. 임신하면서 몸이 안 좋아졌거든. 딸은 자기 때문이라고 자책하고 난 전부 내 탓인 것만 같고. 식구 중에 생체기증을 할 수 있는 사람이 없더군. 그것도 아무나 할 수 있는 게 아니더라고. 나이가 드니까 투석도 점점 힘들어하고. 집에 들어가는 게 피로웠지. 그래서 더더욱 회사 일에 목맸는지도 모르겠군. 집보다 회사가 편했으니까."

"덮으라고 할 거면 애초에 시작조차 못 하게 막으셨어야지요."

은태는 스스로가 역겨워 미칠 지경이었다. 국장보다 먼저 이 사건의 보도를 포기한 사람이 은태였다. 실은 국장이 밀고 나가라고 말할까 봐 무서웠다. 함께 팀을 꾸린 PD와는 몇 해 전 기획했다 엎어져 버린 중대 산업재해와 보상 문제에 관한 탐사보도를 다시 준비하기로 했다. 국장이 묻으라고 말하기 전에 은태 멋대로 묻어버렸다. 국장에게 진탕 혼날 각오로 국장실을 찾았는데 국장이 먼저 묻으라고 말했다. 화가 났다. 은태가 포기한다고 말하면 국장은 멱살을 끌고 가서라도 보도를 준비하게 했어야 했다. 사람은 누구나 변한다지만 국장은 절대 변하지 않을 줄 알았다. 은태는 배신감에 치가 떨렸다.

"국장님에게 실망했습니다."

"자네에게 보고를 받고서 나도 나대로 좀 알아봤지. 파내면 묻어버리고 파내면 묻어버리는 되돌이표 같은 사건이 있지. 이 사건이 그렇더군. 알고 있는 사람이 꽤 많아. 모두가 다시 묻었을 뿐이야. 아니, 묻힌 거겠지. 삽자루를 쥔 사람은 따로 있으니까. 우리 같은 사람들이 무슨 힘이 있겠어. 바꿀 수 없다면 바꾸려 하지 말고 거기서 얻을 수 있는 걸 얻어야겠지. 그곳에 내 아내에게 이식할 수 있는 신장을 가진 사람이 있었고 난 그들과 금전적 거래를 했다네. 내 아내의 남은 삶은 투석 없이 편안했으면 해서. 어차피 묻혀버릴 사건을 보도하는 것보다 내 아내가 하루라도 편히 사는 모습을 보는 게 나에겐 더 중요했으니까."

국장이 변명하듯 말을 늘어놓는 모습을 처음 봤다. 언제나 힘 있는 목소리로 핵심만 간결하게 전하던 국장의 모습은 온데간데없이 사라지고 없었다. 국장의 마음이 너무도 이해가 가서 더욱 화가 났다. 국장과 같은 사람도 무너진다면 이 세상에 온전한 사실을 알릴 언론인이 존재하긴 할까.

경영지원팀 총괄 매니저에게 명함을 받았다. 더 궁금한

것이 있으면 전화해 물으라고 했다. 그 당당함의 출처가 궁금했는데 국장을 만나고 깨닫게 되었다. 당당함은 떳떳함에서 오고 떳떳함의 기준은 남이 정해주는 것이 아니었다. 매니저는 자신의 일에 자부심을 가지고 있었다. 살려줘서 고맙다는 인사를 자주 들었을 것이다. 위령제를 지내야 할 만큼 건물 안에 억울한 영이 많이 떠돈다 할지라도 상관없었을 것이다. 그들은 세상에 필요하지 않은 사람들이었으니까. 은태는 매니저에게 전화를 걸었다. 이미 아내와 상의를 마친 후였다. 며칠 후면 심장을 도려내기로 결정된 아이를 은태와 아내가 구해내기로 했다. 그들이라면 분명 또 다른 심장을 구할 수 있을 것이다. 심장이식이 필요한 아이의 부모는 아무리 비싼 값을 불러도 지불할 수 있을 만큼의 충분한 재력을 가진 사람들이니까. 매니저에게 아이를 입양할 수 있도록 기관을 연계해달라고 했다. 은태가 입양하게 될 아이의 자료를 모조리 삭제해달라고도 했다. 유전적 검사를 통하면 금방 들통 날 일이지만 그때의 일은 그때 다시 생각하기로 했다.

아이는 서류상으로 아내가 삼 년 전 낳은 것으로 기록될 것이다. 그들은 서류를 조작할 힘을 가지고 있었다. 아이의 이름도 바꿀 것이다. 박지환이란 이름의 아이는 이 세상에서 사라지게 될 것이다. 국장처럼 금전적인 거래는 하지 않기로 했다. 은태가 가진 정보로 그들을 압박했고 아이만 내어주면 평생 모른 척 살겠다는 다짐도 전달했다.

앞으로 세상의 소식을 당당하게 전할 수 없을 것 같은 예감이 들었지만 은태 품에 안긴 아이를 위해 먹고 살길은 막지 않기로 했다. 아이를 얻은 대신 떳떳함을 잃었다. 당당하지 못한 아버지가 되었지만 상관없을 것도 같았다. 아내가 기뻐했다. 우리 둘과 하나도 닮지 않은 아이를 보고서 자꾸만 웃게 되었다.

22.

규선은 진한 커피를 한 모금 삼키곤 D-98532의 서류 끝에 '사망'이라고 기록했다. 커피 때문인지 절로 미간이 찌푸려졌다. 회사에 다니며 좋아하지도 않는 커피를 버릇처럼 마시게 되었다. 쓰라린 가슴을 쓴맛으로 덮는, 일종의 위장 전술인 셈이다.

살겠다고 찾아온 인간들이 이렇게 종종 죽어 나가기도 한다. 계약서에 달아둔 추가조건 때문이다. 원한다면 무한정으로 냉동되는 것도 가능하다. 세기가 바뀌고 지구가 멸망한대도 냉동시설만 파괴되지 않는다면 냉동된 채로 계속 머물 수 있다. 냉동기술의 핵심은 해동이다. 해동 과정을 거치지 않고 냉동시설을 벗어나게 되면 그대로 사망한다. 간단한 시술처럼 홍보되고 있지만, 해동은 얼린 고기를 녹이는 것과는 차원이 다른 견고한 과정을 거쳐야 한다.

D-98532의 보호자 대리인이 사망신고서를 들고 찾아왔다. D-98532의 보호자 사망신고서였다. 보호자는 D-98532의 딸이었다. D-98532는 알츠하이머 초기증상을 보일 때 냉동되었다. 다른 여타 질병과 마찬가지로 알츠하이머에 관한 연구도 활발하게 진행되고 있기에 머지않아 해동될 수 있을 거라 믿었다. D-98532는 알츠하이머 치료법이 개발되었을 시에 해동된다는 조건 외에 하나의 조건을 더 추가했다. 해동은 오직 딸이 살아있을 시에만 시행될 수 있다는 것. 딸의 사망이 증명되었으므로 D-98532의 육체는 해동절차를 거치지 않고 곧장 근처 병원의 영안실로 옮겨졌다. 규선이 할 일은 계약서를 꼼꼼하게 확인하고 계약서대로 시행하는 것. 영안실까지 동행하는 일은 나경에게 맡겼다. 오늘은 책상머리 앞에 앉아있고만 싶었다.

하루에도 수십 명이 상담을 위해 찾아온다. 오늘만 해도 일곱이 냉동되었고 셋이 해동되었으며 하나가 사망했다. 오늘 안에 정리해야 할 서류들을 찬찬히 넘겨보았다. 오늘 냉동되고 해동되고 사망한 열한 명의 인간 중 질병과 연계된 이는 알츠하이머 환자 한 명뿐이다. 나머지는 회복이 불가능해 보이는 인생을 잠시 유보하기 위함이었다. 세상이 바뀌길 바라며. 어찌해도 나 자신은 바꿀 수가 없으니까. 망해버린 이번 생을 애도하며 다음 생의 나에게 희망을 건다.
뭐 이런 이유들.

인간을 냉동시키는 행위에 대한 부정적 시선은 이 회사에
입사하면서 갖게 되었다. 언론에서는 과학의 발전이 인류를
구원한 것 마냥 떠들어댔지만 규선은 늘 궁금했다. 구원이
란 게 외면과 회피 같은 것인가 하고. 회사가 공표한 통계
에 따르면 냉동 사유의 94%가 치료 불가능한 질병 때문이
었다. 규선은 자신이 담당했던 사람들을 떠올렸다. 그들 중
몇이나 죽기 직전까지 아팠던가. 규선은 열람이 금지된 파
일을 열었다. 냉동된 날짜순으로 정리된 개인정보 파일을
무작위로 클릭해보았다. 회사가 발표한 통계는 명백히 잘못
되었다. 오직 6%만이 질병 때문에 냉동되었다고 발표하는
게 나을 뻔했다.

태어나자마자 냉동된 아기의 파일을 보았다. 이름만 대면
누구나 알만한 아이돌 가수의 아들이었다. 미성년자는 보호
자의 동의 아래 냉동될 수 있기 때문에 불법은 아니다. 그
가수는 공식적으로는 미혼이다. 현재 이 나라에서 가장 잘
나가는 이십 대 가수이자 배우이기도 하다. 아이의 존재가
세상에 밝혀진다고 나라가 발칵 뒤집히는 건 아니겠지만 지
금의 인기가 두 동강 정도는 나지 않을까.

오늘 아침 첫 번째로 냉동된 서른 살의 남자는 취업 성공

을 위해 잠시 삶을 멈추었다.

"내 잘못은 아니잖아요. 일자리가 부족한 건. 이십 년만 지나도 인구가 부족해서 일자리가 많아질 거라죠? 그때까지 잠시 기다릴래요. 그게 낫겠어요."

집에다가는 유서 비슷한 편지를 남기고 온 모양이다. 비용은 부모가 만들어준 신용카드로 24개월 할부 처리했다. 편지를 읽은 그의 부모가 뒤늦게 쫓아왔지만, 그땐 이미 냉동 절차가 시작된 후였다. 냉동을 중지시킬 수도 있었지만 그러려면 본인의 동의가 필요했다. 그의 부모가 멋대로 멈출 수는 없었다. 그들에게는 그럴 자격이 부여되지 않았다.

"아드님은 죽은 게 아닙니다. 이십 년 뒤에 깨어날 거예요."

나경이 고생을 했다. 영안실에 다녀오자마자 오열하는 그의 부모를 마주쳤다. 나경은 그들을 회복실로 데리고 와서 함께 시간을 보내주었다. 냉동기술에 대한 신뢰와 지금보다 나을 미래에 대해 외운 대로 줄줄이 읊으며 안심을 시키려 노력했다. 건강관리 잘해서 이십 년 뒤에 아들을 꼭 만나셔야 한다, 아들의 인생을 두고 봤을 땐 현명한 선택일 것 같다…. 나경의 머리는 헝클어져 있었고 눈은 퀭했지만 능숙하게 일을 처리하고 사무실로 돌아왔다.

규선은 신경질적으로 파일을 열었다 닫기를 반복했다. 무슨 기대들을 하는 거지? 세상이 그렇게 쉽게 변할 거 같아? 아니, 죽었다 다시 깨어난대도 당신들이 원하는 세상은 절대 찾아오지 않을 거야. B-17903의 인생이 변함없는 것처럼.

냉동기술이 개발된 건 아픈 사람들을 위함이 아니었나? 왜 다른 이유로 냉동된 사람들이 더 많은 거지? 회사는 왜 거짓말을 하고 있는 거지? 이런 식으로 운영을 해도 되는 건가? 엉터리 발표인지 빤히 알 텐데 정부는 왜 회사를 가만히 놔두는 거지? 규선은 아파서 죽어가던 사람들의 마지막이 떠올라 더 괴로웠다. 그들은 한 줄기 희망에 기댄 채 눈을 감았다. 규선은 절차에 따라 마지막으로 하고 싶은 말도 묻고 기록을 하는데 그들은 약속이나 한 것처럼 '너무 오래 기다려야 하는 건 아니겠죠?'라는 물음을 덧붙였다.

정말로 이상하다. 의문이 자꾸 고개를 든다. 세상이 돌아가는 방식에 대하여. 암도 목감기처럼 금방 나을 방법을 누군가는 이미 알고 있는 게 아닐까. 약 몇 알로 완전히 정복할 수 있는 게 아닐까. 회사가 올바른 통계를 세상에 내놓지 않는 것처럼. 곧이곧대로 사실만 말할 수 없는 이유가 있어 숨기고 있는 건 아닐까.

왜?

누군가 이익을 보고 있으니까.

사실이 밝혀지면 손해를 보는 쪽은 치료법이 필요한 다수가 아니라 힘과 돈을 가진 소수일 테니까. 회사 직원들을 조마조마하게 만들었던 연구에 관한 소문도 결국엔 소문으로 끝나버리게 될까? 지금껏 흘러왔던 수많은 소문들처럼. 인간 수명연장에 관한 연구와 신약개발도 종국엔 실패로 돌아가겠지? 지금껏 그래왔던 것처럼. 아슬아슬하게 실패하고 말 거다. 규선이 아파트 계약서에 도장을 찍을 수 있었던 것도 그럴 거라 예상했기 때문이겠지. 강자는 망하지 않는다. 절대로. 그들이 그렇게 되도록 가만히 놔두진 않을 거니까. 규선은 승승장구하는 회사에 소속된 채 다달이 월급만 받으면 된다. 최선의 삶은 그런 거다. 무사히 이번 생을 살아내는 것. 회사가 거짓말하고 있는 걸 모른 척하는 것. 사람들이 어떤 선택을 하든지 상관하지 않는 것. 내 일이 아니라면 방관하고 마는 것.

열람이 금지된 서류를 들춰보는 것은 최선의 삶에 반하는 일이었다. 평소의 규선이라면 절대로 저지르지 않을 일이었다. 온갖 의구심에 머리가 복잡해진 건 B-17903이 써놓은 편지 때문이었다. 규선은 서랍에서 구겨진 종이 한 장을 꺼냈다. 꾸깃꾸깃한 종이 위에 파란 볼펜으로 써 내려간 글자가 보였다. 수없이 읽고 또 읽었다. 이 터무니없는 소리를 믿으라고? 규선은 한 손으로 종이를 뒤집어 구겨버렸다. 펼쳤다가 구기길 반복한 종이는 너덜너덜했다. 술에 취한 B-17903을 집에 재운 적이 있었다. 다음날 일어났을 때 B-17903은 침대에 없었다. B-17903이 누워있던 자리엔 이 종이 한 장만이 덩그러니 남아있었다. 편지의 요점은 규선이 당분간 냉동되어야 한다는 것이었다. 살고 싶으면, 죽고 싶지 않으면 그리하라고 했다. 일몰 후에 평생 밖을 돌아다니지 않을 자신이 있다면 상관없지만 그렇지 않다면 냉동되는 게 좋을 거라고. 차에 치여서 죽을 거란다.

웃어넘기면 그만일지도 모른다. 냉동과 해동을 거친 인간들은 간혹 정신질환을 일으키기도 하니까. 부작용이 분명함에도 회사에선 일시적 오류라고만 변명해왔다. B-17903이 잠시 미친 거라면 좋을 텐데. B-17903의 뇌가 오작동하고 있는 거라고, 그게 아니면 처음부터 제정신이 아니었던 거라고. 규선은 구긴 종이를 다시 펴서 꼼꼼하게 읽었다. 쓰레기통에 던져버려야 마땅한데 그 너덜거리는 종이를 또 서랍 속에 넣었다. 냉동 장치에 잠겨있는 인간들과 같은 부류가 되라고. 인생에 오점을 남기라고. 오점을 남기는 데에 지금껏 벌어온 돈을 다 쏟아부으라고. 미친 거지. 미친 거야. 이딴 걸로 고민하는 것 자체가 미친 거야. 일이 힘들었나. 지친 건가. 쉬고 싶나.

냉동된 적이 있는 인간들을 대놓고 혐오하진 않지만, 이 사회엔 분명한 편견이 존재한다. 정확하지 않으니까. 나이부터가 모호하니까. 과거를 감추고 싶어 하니까. 그것 자체부터가 떳떳하지 못하다는 증거이다. 그들은 나이가 두 개다. 서류상 나이와 냉동된 시간을 생략하는 나이. 냉동 후의 삶을 미리 준비해놓지 못한 인간들은 다시 얻은 삶을 막막해했다. 집도 없고 돈도 없다. 서류상 나이 때문에 취업도 쉽지 않다. 범죄의 60%는 냉동된 적이 있는 인간들에 의해 저질러진다. 보통 사람들은 잘 모를 수도 있다. 당해보지 않아서 관심이 없을 수도 있다. 회사에서 만든 광고는 너무도 화려하고 정부에서 뿌리는 자료는 찬란했다. 냉동된 적 있는 인간들 모두가 끔찍한 삶을 살고 있는 건 아닐 테다. 하지만 그렇지 않은 사람도 분명히 존재한다. 아니, 그 수가 끔찍하게도 많다. 규선은 그들이 어떤 삶을 살고 있는지 가까이서 보아왔다. 그들 모두가 꿈꾸던 삶을 살고 있는 건 아니었다.

"냉동될 생각 있어요?"

옆자리에 앉아 헝클어진 머리를 정돈 중인 나경에게 물었다.

"저요? 돈 없어요. 그럴 돈 있으면 회사 그만두고 빵집이나 차릴래요."

"누가 공짜로 시켜준다면?"

"싫은데요? 미쳤어요? 그 짓을 왜."

나경이 손을 휘저으며 단호한 표정을 지었다. 역시. 냉동 인간들을 가까이서 지켜봐 온 나경도 저런 반응을 보일 줄 알았다.

"아. 죄송해요."

정색하던 나경이 갑자기 손바닥으로 입을 가리며 눈을 질 끈 감았다.

"네?"

"그런 의미로 말한 게 아닌데. 진짜 죄송해요. 냉동된 적 있는 게 뭐 죄인가요. 냉동될 수도 있고 그렇죠. 흔하잖아 요. 요즘 세상엔. 돈이 없어서 못 하지 돈 많은 사람들은 한 번쯤 고려해본다잖아요."

"무슨 말을 하는 겁니까?"

"오해하지 마시라고요. 절대로 팀장님이랑 결혼하실 분을 비하하거나, 그럴 의도로 말한 게 아니라고. 사람마다 사정 이란 게 있잖아요. 그러니까 팀장님도 무조건 편들어주셔야 해요. 여자들은 그래요. 내 편을 들어주는 게 최고라고요."

"지금 누구 얘길 하는 겁니까?"

나경의 갈피 잃은 눈동자가 허공을 헤맸다.

"네? 아…. 그게. 아, 죄송해요. 말하지 말라고 했는데. 아 시는 줄 알고. 아."

커피 한 잔이 더 필요하다. 머리가 깨질 만큼 독하고 진한 커피가.

23.

아버지의 얼굴은 오래 끓인 보리차처럼 누렜다. 50kg 밖
에 나가지 않는 몸이 바늘로 찌르면 터질 것처럼 퉁퉁 부어
있었다. 의사는 시간이 별로 없다고 했다. 간을 이식해야 한
다. 그래야 살 가망이 있단다. 당장 수술을 하지 않으면 안
되는 긴박한 상태였다. 이식할 간부터 구해야 했다. 간은 생
체기증이 가능했다. 할머니는 나이가 너무 많아서 안 되었
다. 아버지의 누나는 지방간으로 수술이 불가했다. 민재가
아니면 장기기증 받기만을 기다려야 하는데 민재의 간도 적
합하지 않았다. 아버지의 몸은 점점 더 부어올랐다. 아버지
는 잠깐씩 정신을 잃었다. 간이 못 쓰게 되도록 병원에 오
지 않고 뭐 했냐는 의사의 물음에 답하지 못했다. 아버지는
약국에서 사 온 진통제로 평생을 버텨왔다. 병원에 갈 시간

이 없었다. 그보다 병원에 갈 엄두를 내지 못했다. 당장 몇만 원이 아쉬운 마당에 큰돈이라도 들면 어쩌려고. 진통제를 먹으면 어디든 금방 나았다. 몸 쓰는 일을 하면서 몸이 멀쩡한 게 더 이상한 거라고 생각했다. 그렇게 매일 조금씩 병들어갔다. 의사는 서두르라고 했다. 며칠을 더 미룰 수 있는 일이 아니라고 했다. 민재는 비상구 계단에 앉아서 무릎에 고개를 파묻었다.

나더러 뭘 어쩌라고. 내가 뭘 어쩔 수 있다고.

겨우 스무 살이다. 열아홉일 땐 스물이 대단한 숫자처럼 보였다. 뭐든 가능해 보였고 스무 살만 되면 비루한 인생도 뒤집을 수 있다고 믿었다. 할머니의 가난을 아빠가 물려받았다. 가만히 있다간 민재도 아빠의 가난을 물려받지 싫었다. 스무 살이 되고 얼마 있지 않아 집을 떠났다. 오토바이를 타고 피자를 배달했다. 세상 사람들이 삼시 세끼 피자만 먹나 싶게 주문이 많았다. 민재는 온종일 오토바이에 매달려있었다. 그동안 얼마나 많은 직원들이 금방 그만두었으면, 6개월이 지나도 민재가 그만둘 생각을 않자 사장은 시급까지 올려주며 민재를 놓치지 않으려 애썼다. 민재 역시 삼시 세끼 피자만 먹는 인생에 합류했다.

생각보다 괜찮은 삶이었다. 이런 식이면 고시원을 벗어나 작은 원룸으로 옮길 수도 있지 않을까 싶었다. 잠자는 시간만 빼곤 가게에 나와 일을 했다. 배달이 없을 땐 피자를 만들었다. 사장은 소질이 보인다며 언젠가 이런 가게 하나쯤 가질 수 있을 거란 꿈을 꾸게 해주었다. 그런 날이 오지 않는데도 상관없었다. 차곡차곡 쌓이는 돈을 보는 재미만도 상당했다. 식은 밥이나 라면을 먹는 것보단 피자가 나았다.

집 걱정은 하지 않았다. 할머니는 할머니대로, 아버지는 아버지대로 잘 살겠지 했다. 평생 그리 살아왔으니 그렇게 계속 사는 게 별로 힘들지 않을 거라고. 나중에 원룸 하나 구하면 피자나 두어 판 사 들고 가봐야지 했다. 할머니도 아버지도 민재를 찾지 않았다. 말없이 집을 나왔는데도 그랬다. 민재가 그랬던 것처럼 너는 너대로 잘살겠지 그리 생각하는 거라 믿었다. 그건 사실이기도 했다. 집을 나온 지 일 년이 좀 안 됐다. 할머니에게서 전화가 걸려왔다. 반가웠다. 드디어 하나뿐인 손자가 보고 싶어진 건가.

할머니는 죽어가는 아버지와 병원에 있었다. 피자를 나르며 모았던 돈은 아버지의 입원비로 한 번에 다 나갔다. 검사를 많이 했다. 간이식이 가능한지 알아봐야 했다. 이전처럼 종일 피자를 배달했다. 기다리는 것 말고는 달리 방도가 없으니까. 피자를 배달해도 즐겁지가 않았다. 아버지의 입원비로 빠져나갈 테니까. 의사는 민재의 가족이 처한 상황은 알려고 하지 않았다. 알 필요도 없었다. 의사는 민재의 아버지를 살리는 것에만 관심을 둘 뿐이었다.

간이 문제가 아니라고요!

의사 앞에만 가면 목소리가 나오지 않았다. 죄지은 사람처럼 몸을 웅크리고서 고개만 끄덕였다. 이식할 간이 있다 해도 그 큰 수술비를 어디서 구할 수 있을까. 평생을 갚아도 다 못 갚을 거 같았다.

"할미가 어찌해볼게. 민재 너는 걱정 말고 아버지 옆에 있어. 할미가 다 알아서 할 거야. 간도 구해오고 돈도 구해올게. 할미가 다 할 테니까 넌 아무 걱정 말아."

할머니는 중얼거리며 다 헤진 소매를 만지작거렸다. 할머니가 어디로 갔는지는 모른다. 뭘 어떻게 해결하겠다는 건지. 화가 났다. 아버지는 왜 저기 누워서 저러고 있으며, 할머니는 혼자서 해결할 거면 진작 좀 하지 굳이 소식을 알려선 사람 힘들게 하는 건지. 가난이 다시 물려지려고 하고 있다. 아버지에게서 민재에게로. 결국, 민재도 병원 한 번 못 다니다 큰 병에 걸려 죽어야만 하는 신세가 되겠지. 매일 일해서 매일 갚기 바쁜 인생이 되겠지.

"힘들죠?"

누가 소리도 없이 슬그머니 나타나 민재 옆에 앉았다.

"아, 네, 뭐."

민재는 본체만체하며 성의 없이 대답했다.

"난 옆 병실 간병인. 내 아들 같아서. 나도 아들이 하나 있거든요. 아버지가 그래서 얼마나 힘들까. 아버지도 가슴 찢어지실 거야."

민재가 아무 대꾸도 않자 간병인은 명함 하나를 내밀고 일어섰다.

"여기다 전화해 봐요. 내 아들 담당했던 분인데. 상담 예약 잡고 기다리고 그럴 정신은 없을 거 같아서. 시간도 없고. 이리로 곧장 전화하면 도움받을 수 있을 거예요. 좋으신 분들이더라고. 김동민 엄마한테 소개받고 연락했다고 말하면 될 거예요. 꼭 전화해 봐요. 들어보니 그리 나쁜 일만은 아닌 것 같더라고. 우리 아들은 아픈 데도 없는데 거기 들어갔어."

간병인은 민재의 등을 가볍게 쓸어주곤 좀 전처럼 소리도 없이 조용히 일어나 비상구를 나갔다. 민재는 명함을 내려다보았다. 차규선, 팀장이란 직함과 이름 위에 회사 상호와 사무실 전화번호만 달랑 적힌 단출한 명함이었다. 들어본 적 있는 회사였다. 인간을 얼렸다 녹였다 한다는 미친 소리를 지껄이는 강연을 텔레비전에서 본 적이 있었다. 턱시도를 빼입고 나온 기업 창설자의 연설이 끝나자 박수갈채가 쏟아졌다. 사이비종교가 따로 없네. 박수는 오래도록 끊이지 않았고 민재는 빈정거렸다. 얼마나 할 짓들이 없으면 저러고 있는 건지.

할머니는 아버지가 어렸을 적부터 살았다는 비좁은 집을 민재가 태어나고 성인이 되어서도 떠나지 못했다. 할머니의 몸처럼 성한 곳이 하나 없는 집을 테이프를 바르고 주워온 나무판자를 덧대며 살았다. 지금 당장 무너진대도 하나 이상할 것 없는 집이었다. 할머니가 그 집을 팔러 갔다고 생각했다. 할머니가 가진 것이라곤 발로 툭 차면 힘없이 부스러질 것 같은 낡고 오래된 집 한 채뿐이니까. 그 집을 팔면 아버지를 살릴 수 있는 건가. 간이식을 하는 데에 얼마만큼의 돈이 드는지 알아보러 원무과에 다녀왔다. 이식할 간이 생긴다고 해도 반길 수만은 없을 정도의 비용이 들었다.

민재는 사장에게 먼저 전화를 걸었다. 오늘이 지나면 아버지가 없을 수도 있다. 오늘은 좀 쉬어야겠다고 말했다. 아버지를 잘 보살피라고 말하는 사장의 목소리에서 곤란함이 느껴졌다. 민재가 빠지면 당장 그 많은 배달을 처리해 줄 사람이 없으니까. 벌써 몇 번째인지 모르겠다. 아버지가 위독하다며 몇 번씩 호출이 왔다. 피자를 만들다가도 달려가고 배달을 가다가도 돌아 나왔다. 지난 몇 달 동안 하루도 빠진 적 없는데. 다른 직원들보다 몇천 원 더 쳐주던 시급이 깎일지도 모른다. 이런 식으로 예고 없이 자꾸 빠졌다간 민재 대신 다른 직원을 구할 수도 있다. 그것보다 더 두

려운 건 민재의 자리를 없애고 배달업체와 계약을 맺는 것
이다. 사장은 민재처럼 성실한 직원을 한 번도 구해본 적
없다고 했지만 그건 민재를 오래 붙잡아두기 위한 사탕발림
이라는 걸 안다. 세상에 민재 같은 사람, 널리고 널렸다. 단
지 민재보다 더 간절한 사람들이 적을 뿐이지. 아버지가 이
십 년간 하루도 빠지지 않고 나간 인력시장에는 아버지 같
은 사람들이 발에 차이도록 많았다. 피자가게도 구인광고를
올리기 무섭게 전화가 쏟아졌다. 오늘을 위해 돈을 버는 사
람들에겐 내일이 없다. 먼 미래는 생각하지도 않는다. 할머
니와 아버지의 삶처럼.

병실 창문으로 밤새도록 반짝이던 크고 높은 건물을 본
적이 있었다. 명함에 적혀있는 회사의 상호가 건물 꼭대기
에서 땅을 내려다보는 구조로 걸려있다. 누구에게 물어보지
않아도 잘 찾아갈 수 있었다. 그곳은 병원 근처에 위치해
있었다. 민재는 건물 정문 앞에 서서 빌딩을 올려다보았다.
햇빛 때문인지 시력이 좋지 않아서인지 가장 높은 곳에 꼭
대기가 보이지 않았다. 인포메이션에 가서 간병인에게서 받
은 명함을 내밀었다. 안내원이 약속했냐고 물었고 민재는
아마 그럴 거라고 답했다.

삼십 분쯤 로비에 앉아 기다렸다. 그사이 수없이 많은 사
람들이 들어오고 나갔다. 다들 무슨 용무로 이런 데를 들락

거리는 걸까.

"저를 찾으셨다고."

체크 셔츠에 베이직한 니트 조끼를 껴입은 남자는 며칠 물 마시는 걸 깜빡한 사람처럼 건조해 보였다. 민재는 손에 쥔 명함을 흘끔 펼쳐보았다. 오토바이에 매달려서 온 먼지를 다 마시고 다니는 민재의 안색과 하나 다를 것이 없어 보였다.

"누가 좀 찾아가 보라고 해서요. 김동민 엄마랬나."

"네. 전화 받았습니다. 원하시는 게 뭐죠?"

남자는 의자에 앉지도 않고 반듯하고 꼿꼿하게 서서 물었다.

"아버지가 간이식을."

"아. 거기까진 들었습니다. 이식할 간을 구하지 못했다고. 상황이 많이 급박합니까?"

민재는 고개만 끄덕였다. 겨우 몇 마디 주고받았을 뿐인데 지금껏 만나온 어른들과 다른 부류의 사람이란 게 느껴졌다. 민재에게서 별로 얻을 게 없어 보여서 그럴 수도 있다. 빨리 보내버리고 다른 볼일을 봐야 하니까 서두르는 것일 수도 있다. 민재는 이 남자의 단호한 말투가 좋았다. 믿음이 갔다.

"나는 하루라도 빨리 냉동시켜서 상태가 더 악화되는 걸

막아야 하지 않나 라고 제시할 수밖에 없어요. 보다시피 이런 곳에서 일을 하니까요."

예상하지 못했던 말은 아니었다. 여기까지 오는 동안에도, 저 남자를 기다리는 동안에도 계속 생각하고 또 생각했다. 아버지를 살리고 싶은가. 아버지를 죽게 내버려 둘 건가. 아버지를 모른 척할 건가. 오토바이에 매달리는 바쁜 일상으로 돌아갈 건가. 결국 여기까지 와서 이 남자를 만났다. 아버지를 포기할 수 없어서. 아버지의 인생이 너무 초라하고 불쌍해서 견딜 수가 없었다. 아버지를 살리면 할머니의 빚과 아버지의 빚을 고스란히 물려받게 된다. 아버지보다 못한 인생을 살게 될 거다. 그래도 상관없지 않나. 민재에게는 가난을 물려줄 자식이 없으니까. 다소 무책임했다고 생각한다. 아버지와 어머니가 민재를 낳은 건. 그 점이 원망스러울 따름이다.

"그런데 생각보다 더 큰 돈이 필요할 겁니다."

갚으면 될 거다. 일단 아버지만 살려두면 그다음엔 지금보다 더 많은 시간을 오토바이에 매달려 있으면 된다. 조금씩 갚아나가다 보면 끝은 보일 거라고, 그렇게 믿는 수밖에 없었다. 불안하게 흔들리는 민재의 눈동자를 남자가 힘 있게 붙잡았다.

"그다음도 생각해야 할 거예요. 잠깐 유보시키는 것일 뿐

인생은 지속될 테니까요. 변하는 건 아무것도 없습니다. 지금과 상황이 완전히 똑같을 거란 이야기입니다."

피가 머리로 솟구쳤다. 귀가 웅 울렸다. 아버지는 이런 기분으로 누워만 있는 걸까. 썩 나쁜 느낌은 아니었다. 몽롱했고 약간 어지러웠다. 인사는 제대로 하고 돌아선 건지 모르겠다. 고맙다고 말을 했어야 했는데.

모처럼 햇볕이 따뜻하게 내리쬐는 날이었다. 아닌가. 해는 언제나 따스했던가. 먹은 것도 없는데 속이 메스꺼웠다. 지구가 돌고 있다. 사람들이 부지런히 지구를 쫓아 걸어간다. 민재만 놔두고. 뒤처지는 민재에게 손을 뻗는 사람은 없다. 지구도 딱히 민재를 위해 속도를 늦출 생각이 없다. 민재는 그 자리에 서서 멀어지는 사람들만 바라볼 뿐이다. 남자가 했던 말의 의미를 깨닫는 데엔 그리 오랜 시간이 걸리지 않았다.

그다음엔.

그다음엔.

그다음엔 또 뭘 어쩔 건데. 냉동되었던 아버지가 깨어나면 그때라고 수술비가 하늘에서 뚝 떨어질까. 할머니가 어찌어찌 돈을 구해왔다 쳐도 그 돈은 모조리 저 크고 높은 건물에 갖다 바쳐야 할 텐데. 수술비, 앞으로의 치료비, 입원비, 생활비까지 혼자서 모조리 책임져야겠지.

지구를 쫓아 바삐 갔던 사람들도 종국에는 다들 제자리로 돌아온다. 사람들은 그것도 모르고 부지런히 걷는다. 인생은 지속된다. 변하는 건 없다. 지금의 삶에서 멀리멀리 도망가려 부지런히 걸어도 결국엔 제자리일 것이다. 둥그런 지구 위에 살아가는 인간의 숙명이다.

전화가 왔다. 병원이었다. 한마디도 놓치기 싫어 집중해 들었다. 기다리지 않던 전화였다. 이식할 간을 구했다고. 산에서 실족사한 등산객이란다. 헬기로 간을 이송해 와야 한다고 했다. 그 비용까지 추가되는 건지 물어보려다 말았다. 위급한대로 순위를 정하는데 아버지가 1순위 환자라고 했다. 아버지 옆 병실에 2순위 환자가 기다리고 있단다. 수술 여부를 빨리 결정해달라는 전화였다. 뛸 듯이 기뻤어야 했을까. 지금 당장 가겠다고 말하고 전화를 끊었다. 이미 병원 앞에 도착했는데도 차마 안으로 들어갈 수가 없었다.

아버지는 왜 나를 힘들게만 하는 걸까. 아버지, 살고 싶어? 정말로 살고 싶어? 난 자신 없어. 감당할 자신이 없다고. 그런데 아버지, 나는 아버지가 살았으면 좋겠어. 아버지가 할머니랑 같이 계속 이 세상에 있었으면 좋겠어. 그냥. 아버지가 있다는 것만으로도 최악의 인생은 아니란 생각이 들거든. 아버지는 잘못한 게 없잖아. 그냥 나처럼 저절로 태어난 것뿐이잖아. 아버지. 기뻐해야 하는데, 아버지를 냉동시키지 않아도 되고, 지금 당장 수술할 수 있다니까 기뻐서 소리라도 질러야 하는데, 나 너무 무서워. 무서워. 돈 때문에 무서워.

소매로 눈물을 훔쳤다. 누구라도 붙잡고 엉엉 울고 싶었다. 이 모든 걸 혼자 감당해야 한다는 게 벅찼다. 바닥만 내려다보며 눈물이 마를 때까지 기다렸다. 휴대폰이 울리는데도 받을 수가 없었다. 또 무슨 말이 들려올지 듣는 게 두려웠다.

"민재야. 아이고, 내 새끼 민재."

할머니가 구부러진 등을 다 펴지도 못하고 좁은 보폭을 바쁘게 옮기며 걸어오고 있었다.

"할머니, 간을."

"할미가 돈은 구했다. 돈은 구했어."

할머니는 민재의 팔을 붙잡고 기대서 가쁜 숨을 몰아쉬었다. 할머니에게서 시큼한 땀 냄새가 풍겼다. 대체 저 몸으로 어떻게 걸어 다니는 건지 알 수가 없는 노릇이다.

"집을 팔았어?"

"안 되지. 집은 절대 안 되지. 안 되고말고. 집은 내 새끼 장가보낼 때 팔 거야. 그것만은 건드릴 수 없지."

그것 말곤 건드릴 것도 없으면서.

"돈은 구했으니 이제 간만 구하면 되는데. 간까지 달라고 하는 건 너무 염치가 없는 거 같아서 말도 못 했다. 정말로 이 할미 거는 안 된다니? 의사 선생님한테 한 번만 더 물어보자. 할미는 이대로 죽어도 상관없다. 괜찮다. 정말 괜찮다."

"기증자가 나타났어. 나도 연락받고 막 오는 길이야."

"뭐? 간이 생겼단 말이지? 그 말이지?"

"응."

"아이고. 아이고. 잘됐다. 아이고. 잘됐어. 하나님. 감사합니다. 감사해요. 이제 다됐네. 다됐어."

어안이 벙벙했다. 정말로 다 된 거야? 그럴 리가 없잖아. 우리한테 그런 기적이 일어날 리가 없잖아. 할머니가 미쳐버린 거라고 생각했다. 집을 팔아도 감당 못할 그 큰돈을 어디서 구했다는 건지. 할머니가 무슨 재주가 있어서. 아버지와 하나 다를 것 없는 처지의 고모가 도와줬을 리도 없고.

사채일 거다. 아무것도 모르는 할머니 하나 꾀어서 원금보다 더 큰 이자로 배불릴 작정들이겠지. 할머니는 갚을 능력이 없지만, 나이도 몸도 어린 손자가 있으니까. 그 손자를 담보로 잡게 했겠지.

"돈이 어디서 났는데. 얼마나 빌린 건데."

민재는 언성을 높일 힘도 남아있지 않았다. 이 거지 같은 인생에 기가 다 빨려버렸으니까. 그래. 내가 죽을게. 아버지가 살아. 잠깐이지만 그런 생각을 하기도 했다. 차라리 잘되었다고. 희망 같은 거 품으면 안 되는 인생도 있는 거라고. 그런 부류의 인생이라면 이쯤에서 관두는 것도 괜찮을 거라고.

"빌리긴. 빌린 게 아니야."

"빌린 게 아니라고? 그럼. 그럼 뭔데."

"민재 너 면허 있지?"

할머니의 눈동자가 이렇게나 반짝이는 걸 본 적이 없다. 죽은 나무껍데기 같던 할머니의 얼굴에 모처럼 혈색이 돌았다.

"있지? 그렇지?"

"응."

"아이고. 됐다. 됐어."

대학 졸업장도 없는 마당에 무슨 일이라도 하려면 운전면허증은 꼭 있어야 한다며, 고등학교를 졸업하던 날 아버지가 졸업선물로 면허학원 수강증을 건네주었다. 덕분에 생전 처음으로 학원이란 걸 다녀봤다. 엄청 좋았는데 뭘 이런 걸 귀찮게, 라며 툴툴거렸던 기억이 난다. 고맙다는 말이 왠지 낯간지러웠고 그런 말은 익숙하지도 않았다.

"면허는 왜."

"운전만 하면 된대. 누굴 태우고 그럴 필요도 없고 물건을 나르는 것도 아니래. 그냥 밤에 너 혼자 운전만 하면 된다더라."

"그게 뭔 소리야. 운전만 하는 건데 왜 돈을 줘."

"뭐니 뭐니 해도 핏줄이 최고지. 핏줄이 최고야. 죽이니 살리니 하며 인연을 끊어버렸는데 그래도 누나 힘들다고 선뜻 도와준다 하고. 역시 동생뿐이야."

"동생?"

할머니는 골목길에 숨어든 새끼고양이에게 밥을 줄 때처럼 수줍게 웃었다.

"동생이 있었어. 뭐, 사정을 자세히 설명하긴 좀 그렇고. 걔도 연이 끊어진 줄 알았던 누나가 찾아와서 좋았나 봐. 사실 연을 끊어버린 건 걔가 아니라 나였지. 내가 속이 넓지를 못해서 그랬어. 넓지를 못해서. 엄마가 걔만 예뻐하는 게 샘이 나서. 이해해야 했는데. 그럼 너나 네 아비도 고생안 시키고 키울 수도 있었을 텐데. 너한테는 작은할아버지되겠다."

"그래서? 할머니 동생이 돈을 준다고? 그 큰돈을?"

"그렇다니까. 병원비 청구서 나오면 다 보내래. 보내라고 그랬어. 갚을 필요도 없대."

"운전은 무슨 소린데. 아르바이트 같은 거야?"

"들어보니 별 도 아냐. 우리 마음 불편할까 봐 일부로 없는 일을 만든 거 같아. 그냥 너더러 밤에 어디를 빙글빙글 돌면서 운전만 하면 된대. 그게 다래."

"그게 다라고?"

"그렇다니까."

"그 할아버지 돈 많아?"

"돈? 많지. 많아. 할미가 돈도 없는 동생 붙잡고 그런 사정을 했으려고. 넌 아무 걱정 말아. 할미가 말했지? 할미가 알아서 다 해결할 거라고."

할머니는 민재의 팔을 끌고 병원 안으로 당당하게 들어갔다. 할머니의 굽은 등이 조금 펴진 것처럼 보였다. 가난은 대물림된다. 가난한 부모의 자식은 가난해야 한다. 그건 불변의 진리라고 믿었다. 할머니의 동생은 어째서 돈이 많은 걸까. 할머니는 가난한데 왜. 오래도록 연락을 끊고 지냈단다. 연을 끊으면 가난의 대물림도 끊을 수 있는 걸까. 질릴 대로 질려버렸다. 아버지가 큰일을 겪게 되면서 더욱더 실감 나게 깨달았다. 버릴 수 있다면 버리고 싶을 만큼. 가난한 건 너무 싫다. 할머니처럼 초라하게 굽은 등을 하고 구걸하러 다니고 싶지가 않다. 끊을 수 있다면 끊고 싶고 버릴 수 있다면 버리고 싶지만 그럼에도 아버지가 살았으면 좋겠다.

24.

해가 뜨는 게 두렵다. 해가 지는 게 무섭다. 잠들기 불안하다. 잠에서 깨어나고 싶지 않다. 엄마가 왜 하나뿐인 딸을 냉동시켜야만 했는지 자신의 전부였던 딸과 생이별해야 했는지 그 이유를 알 것도 같다. 다른 방법을 찾을 수가 없었던 거다. 엄마의 판단이 옳았다.

가은이 엄마에게 직접적으로 말한 적은 없다. 엄마가 걱정할 게 싫어서 말하지 않은 게 아니다. 말할 수 없었다. 엄마가 알게 되면 일만 더 커질 테니까. 망치기만 할 거니까. 평생 집만 지켜온 엄마는 아무것도 해줄 수 없을 테니까. 엄마를 믿지 않았다. 엄마의 모성애는 의지할 게 못 된다고 생각했다. 엄마가 눈치채지 못할 줄 알았다. 엄마는 아무것도 모르는 사람이니까. 엄마는 남이 무슨 생각을 하는지 관심도 없는 사람이니까. 엄마는 세상일에서 소외된 채 살아온 사람이니까. 집에서 마늘이나 까며 드라마만 보는 엄마가 미웠다. 현관문을 여는 동시에 다다다 달려오는 것도 꼴보기 싫었다. 엄마는 왜 엄마 인생이 없어? 바락바락 소리를 지르며 대들면 너 키우느라 그랬지, 라고 말하며 불쌍한 척을 했다. 미쳐. 내가 엄마 때문에 돌아. 미치겠다고! 날카로운 말을 내뱉어도 엄마는 내가 뭘, 내가 왜, 아가, 밖에서 누가 괴롭혔어? 라며 순진한 얼굴을 들이밀었다. 그래서 엄마는 아무것도 모를 줄 알았다. 아무것도.

그때의 가은은 자신의 부족함을 부모의 무능력함 탓으로 돌리느라 바빴다. 가은보다 실력 없는 사람들이 이름도 외우기 어려운 무슨 스쿨 졸업장을 들고 와서 면접을 봤다. 그런 사람들은 거의가 다 합격을 했다. 가은은 그들의 지시를 따라야 했다. 가은이 훨씬 더 먼저 입사를 했는데도 그들을 앞지를 수 없었다. 가은이 할 일은 옷 만드는 것과는 하나 상관도 없는 일들이었다. 주문서를 작성하고 영수증을 첨부하고 등기를 받고 전화를 하는. 시간이 남을 땐 그들의 잔심부름도 해야 했다. 커피도 타야 했고 점심 식사도 배달시켜 줘야 했다. 메뉴는 매일 달라야 했고 맛이라도 없으면 난리가 났다. 가장 성질이 나는 건 그들이 심혈을 기울였다고 말하는 결과물들을 보는 일이었다. 겨우 저런 거 만드느라 천을 쓰고 밥을 먹고 커피를 마시고 야식까지 시켰다니. 환장할 노릇이다. 졸업장 하나 가지고 콧대들을 얼마나 높이 세우시는지. 확 부러뜨려주고 싶었다. 확.

회사에 있는 내내 말 한마디 못하고 고분고분 복종하고 있는 스스로를 보는 게 한심해서 견딜 수가 없었다. 스타킹 같은 건 좀 알아서 살 수는 없나요? 커피는 스스로 타먹으면 죽나요? 식사는 그냥 좀 주는 대로 먹으면 안 될까요? 실력은 제가 더 나은 거 같은데 제 작품 좀 보실래요? 하고 싶은 말이 태산같이 많았지만, 여태껏 그래왔던 것처럼 앞으로도 영원히 말 한마디 못 할 것이다. 누군가 하고 싶은 말을 다 해보라고 자리를 깔아준다 해도 입도 벙긋 못 할 것이다. 말도 제대로 못 하는 주제에 속으로만 구시렁구시렁. 최악이다. 엄마를 쏙 빼닮은 성격 탓이다. 아니, 엄마가 이렇게 길렀다. 가은이 엄마 품을 벗어나지 못하도록.

엄마는 가은을 잃을까 전전긍긍했다. 죽어 없어질까 걱정한 게 아니었다. 사고를 당할까 염려한 게 아니었다. 가은이 엄마를 버리고 떠나는 걸 두려워했다. 엄마에게는 가은이 전부였다. 가은 말고는 친구도 없었다. 종일 텔레비전에 나오는 사람들에게 돌아오지도 않을 말을 걸었다. 타고난 재주가 이렇게도 많은데 돈 핑계 대며 공부를 제대로 시켜주지 않은 것도 그 때문일 거다. 가은이 너무 멀리 날아가 버릴까 봐. 엄마의 손이 닿을 수 없는 곳으로. 엄마는 온갖 치욕을 다 겪고 퇴근한 가은을 붙잡고 앉아 징징거리기만 했다.

지겨워.

지겨워.

지겨워 죽을 거 같아. 내가 왜 보지도 않는 드라마 주인공의 삶까지 일일이 듣고 있어야 하는 건데. 그런 게 뭐가 중요하다고 나한테 말하는 건데. 난 관심도 없다고. 드라마 같은 거 보지도 않는다고. 볼 시간도 없단 말이야.

속에 있는 말을 있는 그대로 몽땅 꺼내어 퍼붓고 싶지만 혼자서 삭이며 견디고 또 견뎠다. 엄마는 쉽게 상처받는 연약한 사람이었다.

어느 날 진광을 알게 되었다. 가은과 나이가 같은 그는 이름만 대면 누구나 아는 최상위권 대학의 미대생이었다. 방학을 이용해 돈도 벌고 일도 배울 겸 회사에서 아르바이트를 했다. 가은은 처음부터 진광이 좋았다. 어디에 붙어있는지도 모를, 이름만 화려한 스쿨 출신들과는 태도부터가 달랐다. 말도 참 예쁘게 했다. 낮고 차분한 목소리를 듣고 있으면 유리창으로 쏟아지는 햇볕을 가만히 쐬고 있을 때처럼 나른해졌다. 말끝마다 사람을 깔보는 표정을 더해 치욕을 느끼게도 하지 않았다. 애써 치장하지 않아도 자연스레 멋이 나는 사람이었다. 사람 보는 눈은 다 똑같은지 모두가 진광을 좋아했다. 어쩌다 가은이 진광과 얘기를 나눌 기회가 생겨도 눈치 빠른 인간들이 득달같이 달려와 사이를 갈라놓았다. 진광의 방학이 끝나가는 게 아쉬웠다. 진광은 가은이 어울릴 수 있는 사람이 아니었다. 다른 사람들처럼 진광의 개인사를 묻거나 따로 연락할 수도 없었다. 같은 부류의 사람이 아니란 걸 누가 말해주지 않아도 잘 알고 있었으므로.

진광에게 꼭 어울릴 옷을 만들면서 마음을 달랬다. 눈대중으로 사이즈를 확인했지만 직접 입혀보고 더 예쁘게 만들어주고 싶었다. 진광이 가은의 마음을 알아채 주는 기적을 바랐다. 진광의 마지막 퇴근 후 다 같이 회사 근처에서 밥을 먹었다. 가은은 처지가 비슷한 사람들과 구석자리에 둘러앉았다. 시켜주는 밥만 먹고 적당한 때에 조용히 빠져나오면 된다. 귀에 거슬리지 않게 잘 들리지도 않게, 먼저 가보겠습니다, 말하고 슬그머니 비켜줘야 한다. 진광은 테이블 정 가운데 끼어 앉아 여기저기서 건네는 술잔을 받아 마시기 바빴다. 가은은 아마도 마지막일 진광의 옆모습을 흘끔 훔쳐보고는 회식 자리를 빠져나왔다. 진광 덕분에 회사생활이 덜 끔찍했다. 진광을 보고 있노라면 치욕스런 취급을 당해도 견디기가 수월했다. 다시 돌아가야겠지. 온갖 수모를 혼자 삭여야 했던 그때로.

"휴. 무슨 술을 그렇게들 마시는지. 따라 나오느라 힘들었
어요."

진광이었다. 진광이 약간 비틀거리며 가은과 나란히 걷고
있었다. 놀랐고 기뻤다.

"송별회잖아요."

"어차피 다시 볼 사람들도 아닌데요, 뭘. 도망쳤어요."

다시 보지 않을 사람들에 가은은 포함되지 않은 모양이었
다. 가은은 그 후로도 자주 진광과 나란히 걷곤 했다. 진광
이 곁에 있으면 다른 괴로움은 소멸하였다. 퇴근 후엔 진광
의 학교 앞으로 달려갔다. 열 시 전까지는 무조건 집에 가
야 했기 때문에 진광과 보내는 시간이 짧게만 느껴졌다. 통
금시간을 없애 달라는 부탁은 씨알도 먹히지 않았다.

거짓말을 해야 했다. 치밀할 필요도 없었다. 엄마는 바깥
일엔 무지한 사람이니까. 진광과 더 오래 함께하고 싶었다.
혼자 만들었던 옷도 들고나왔다. 실과 바늘도 챙겼다. 하루
종일 진광 옆에 있을 작정이었으므로. 맞지 않는 곳은 당장
뜯어고치면 될 터였다. 진광은 매너가 좋은 사람이었다. 사
람을 함부로 대하지도 않았다. 술을 마셔도 흐트러지지 않
았다. 진광과 만나는 내내 웃기만 했다. 짜증 낼 일도 없었
고 언성을 높일 일도 만들지 않았다.

그날은 좀 달랐다. 진광이 평소와 다르게 좀 까칠했다. 사람이니까 그런 날도 있지 싶었다. 더 잘해줘야지 싶어 옆에 앉아 조잘조잘 댔다. 무슨 대화를 하고 있었는지 기억도 나지 않는다. 그저 일상적인 대화였다. 회사생활에 대해 투덜거렸던 것도 같고 엄마의 존재에 대해 불만을 털어놓았던 것도 같다. 평소에 늘 하던 말이었다.

"에이씨."

진광이 벌떡 일어서더니 앉았던 의자를 들어 벽에 던졌다. 가은은 그대로 얼어붙었다. 진광은 몹시도 흥분해있었다. 진광의 입에서 상스러운 욕들이 한꺼번에 쏟아졌다. 의자는 부러졌고 벽에는 상처가 났다. 한없이 차분하고 조용하던 사람이었다. 화를 내야 마땅한 상황에도 낮은 목소리로 하하하 웃으며 괜찮아 라고 말해주던 사람이었다.

"미안. 미안해."

가은은 자신이 말실수를 했다고 생각했다. 약간 취해있었고 처음으로 진광과 온종일 붙어있는 날이라 들뜨기도 했다.

"내가 다 잘못했어. 정말 미안해."

진광을 가라앉혀야 했다. 또 다른 던질 거리를 찾아 주위를 두리번거리는 진광은 몸을 부르르 떨고 있었다. 가은은 진광을 꽉 껴안았다.

"나는 다 이해해. 네가 무슨 짓을 해도 좋아. 나는 네가 누구래도 좋아. 어떤 모습이라고 해도 좋았을 거야."

"너도 나 무시하는 거냐? 네까짓 게?"

진광의 목소리는 싸늘했다.

"무슨 말을 그렇게 해. 내가 널 어떻게 무시해."

"너 은근히 나 무시하잖아. 내가 모를 줄 알아? 너도 다 알면서 그러는 거 아니야. 그깟 돈 좀 번다고 나 무시하잖아."

"아니. 내가 뭘."

"꺼져. 꺼지라고."

그동안 너무 생각 없이 말했나. 취업에 얼마나 부담을 느끼는지 다 알고 있어서 더 잘해주려고 한 것뿐인데. 이거 떼고 저거 떼고 나면 얼마 남지도 않는 돈 몇 푼 가지고 진광을 무시했나. 그래. 그랬던 것도 같다. 진광이 이렇게 흥분하는 걸 보면 분명 그랬을 것이다.

옷이 잘 맞는지 확인해야 했는데 잘 어울리는지 보고 싶었는데 가은은 정성 들여 만든 옷을 쇼핑백에서 채 꺼내지도 못하고 쫓겨나듯 나왔다. 집으로 돌아가는 길이 처량 맞았다. 엄마에게 이틀 동안 워크샵 간다고 거짓말을 하고 나왔는데. 날짜를 잘못 알았다고 둘러대면 그만이다. 엄마는 허술한 사람이니까.

일주일 후 진광이 먼저 연락을 해왔다. 미안하다고 했다. 지옥 같은 일주일이었다. 기다리던 말을 들을 수 있어 행복했다. 뭐가 됐든 용서할 수 있었다. 아니, 가은이 용서할 일은 애초에 없었다. 용서는 진광이 해야 했다. 가은의 경솔한 언행이 상처가 된 거니까. 진광이 그저 너무 좋았다. 좋기만 했다. 다신 가은을 만나주지 않을까 봐 무서웠는데 먼저 연락을 해주니 고마웠다.

다시 만난 진광은 가은을 모르고 지냈던 시간에 대해 들려주었다. 진광의 엄마는 진광을 안은 채로 아파트 9층 베란다에서 뛰어내렸다. 진광이 고작 세 살이었을 때의 일이었다. 사람들은 엄마가 우울증을 심하게 앓았다고 전했다. 진광은 살아났다. 열 살까진 한쪽 다리를 절었지만, 그 후로는 괜찮아졌다. 다만 달리는 건 여전히 좀 힘들다고 했다. 엄마가 죽고 얼마 지나지 않아 엄마의 빈자리가 채워졌다. 엄마의 우울증이 먼저였던 건지 새로운 엄마의 등장이 먼저였던 건지 대충 알 것도 같았다. 진광은 죄책감을 덜 수 있었다. 엄마를 죽게 한 건 진광이 아니었다는 게 증명된 셈이니까. '엄마'라는 단어는 살아오는 내내 진광을 괴롭혔다. 엄마와 공중에 몸을 내던지던 순간이 희한하게도 선명하게 떠올랐다. 시간이 지나도 희미해지지 않았다. 더 생생해질 뿐이었다. 가은은 그날 자신이 얼마만큼 많은 눈물을 쏟았는지 기억하지 못할 정도로 울었다.

"다시는 네 앞에서 엄마 얘긴 하지 않을게."

가은은 진광의 다리에 머리를 처박고 빌고 또 빌었다. 둘 사이는 더 깊고 끈끈해졌다. 알게 모르게 느껴졌던 거리감도 사라졌다. 가은도 진광이 한결 편하게 느껴졌다. 진광도 가은이 부쩍 편해졌다고 했다. 관계가 편해진다는 건 본성을 드러내기 쉬운 관계가 된다는 의미이기도 하단 걸 가은은 알지 못했다.

진광은 자주 물건을 던졌다. 가은이 더는 엄마 이야길 꺼내지 않는데도 그랬다. 그럴 때마다 가은은 빌었다. 진광의 아픈 곳을 건드린 거라고 생각했다. 진광이 던진 물건에 가슴을 맞아 피멍이 들었을 때도 스스로를 질책했다.

"생각 없는 년. 모자란 년. 나는 맞아도 싸!"

가은이 소리를 지르며 벽에 머리를 찧으면 진광은 행동을 멈추었다. 진광의 흥분을 가라앉히는 법을 가은은 알아가고 있었다.

"미안해. 내가 또 그랬어. 미안."

진광이 멍투성이인 가은의 몸에 약을 발라주며 울 땐 마음이 아팠다.

"넌 아무 잘못도 없어. 내가 더 미안해."

진광은 가은의 품에 안겨 엄마를 찾았다.

진광은 어느 순간부터 물건을 집어 던지는 걸 멈추었다. 대신 그 희고 고운 손바닥으로 가은을 때렸다. 가은의 몸에는 언제나 피멍이 있었다. 진광의 엄마 얘길 들은 그날부터 늘 존재했다. 손바닥은 곧 주먹이 되었고 발길질도 멈추지 않았다. 비명을 질러도 소용없었다. 가은은 몸을 조그맣게 웅크리고 진광이 흥분을 멈추길 기다렸다.

평소엔 괜찮은 사람이니까. 마음이 조금 아픈 사람이라 그래. 그 아픈 데를 내가 자꾸 건드려서 저러는 거야. 아프니까. 이러지 않을 때는 너무 좋은 사람이잖아.

얼굴을 팔로 감싼 채 중얼거렸다. 진광을 이해하고 싶었다. 스스로를 설득시키는 것에도 한계가 왔을 즈음 진광이 목을 조르기 시작했다. 그 커다란 손바닥이 가은의 목을 감싸 쥐고 앞이 희미해질 때까지 놓아주지 않았다. 숨을 헐떡거리며 구석에 쓰러져있노라면 저 멀리서 낮고 다정한 목소리가 들려왔다.

"그러니까 나 무시하지 말라고. 넌 그러면 안 돼. 네까짓 게 그럼 안 된다니까."

연락을 피했다. 진광 옆에 더 있다간 죽을지도 몰랐다. 그만 만나자고 말할 수가 없었다. 진광이 자신을 죽일 거 같았다. 회사에서 곧장 집으로 뛰어갔다. 진광에게 집을 알려준 적은 없었다. 진광의 학교 앞이나 진광의 집에서만 만났으니까. 피해 다니면 가은의 마음을 알아채 줄 줄 알았다. 가은이 말한 적 없는 데도 좋아하는 마음을 눈치채 준 것처럼.

가은은 무책임하게 도망만 다녔다. 진광으로부터 가은을 구해준 건 엄마였다. 엄마는 가은이 삼십 년이 지난 세상에서 눈을 뜨게 만들어주었다. 그사이의 일은 전혀 궁금하지 않았다. 알고 싶지도 않았다. 말해줄 사람도 없었다. 다 끝난 줄 알았다. 삼십 년이나 지났으니까. 엄마는 대단한 모성애의 소유자였다. 믿어주지 않아서 미안해. 당연하게 생각해서 미안해. 사과할 기회는 사라졌지만, 진광에게서 벗어났다는 생각에 한결 숨쉬기가 편했다. 다시는 아무나 좋아하지 말아야지. 유명한 대학 졸업장에 속아 넘어가지 말아야지. 다정한 말투에 반하지 말아야지.

어쩌다 보니 결혼을 앞두게 되었다. 초반의 결심들이 무색하리만큼 규선과 오랜 시간, 교제를 했다. 어떤 면에서 규선과 진광은 몹시도 닮아있다. 같은 대학을 나왔고 행동도 말투도 단정하고 깔끔했다. 인간은 같은 실수를 반복하는 걸까. 그래서 비극은 영원히 사라지지 않는 것일까. 8년을 만났다. 아직까진 함부로 소리를 높이거나 손찌검을 한 적은 없다. 다행이다. 다행? 다행인 걸까. 당연한 게 아니라.

규선이 있으면 안심이 되었다. 8년을 만난 것치곤 좀 어색한 구석이 있다. 둘 사이엔 약간의 거리가 있었다. 그 벌어진 틈을 좁히고 싶지는 않았다. 여태껏 과거를 밝히지 못한 것은 그 작은 틈 때문이었다. 과거를 밝히면 거리가 좁아진다. 속마음을 터놓으면 사이가 편해진다. 규선도 돌변할까 두려웠다. 이제는 밝혀야겠지. 틈을 좁혀야겠지. 그 문제만 잘 해결하면 가은의 인생엔 아무 문제가 없다. 그것 말고는 숨기는 것도 없다. 회사생활은 여전히 자존심 상하고 종종 수치스럽지만 익숙해졌다. 챙겨야 할 가족도 없다. 그러니까 잘 해결될 거다. 규선은 진광과 같지 않을 거라고 믿는 수밖에 없다.

애초에 진광 같은 사람을 만나지 않았더라면 좋았을 텐데. 숨겨야 할 과거 같은 거 없는 삶을 살 수도 있었는데. 잘 도망쳐왔다. 과거를 바꿀 수도 없고 돌이킬 수도 없으니. 도망친 건 잘한 짓이다. 엄마에게 고마웠다. 다 잘 해결되었다고 믿었다. 규선에게만 털어놓으면 평범하게 살 수 있다. 아주 나쁜 사람을 만났었다고, 이렇게 되어버린 건 가은의 결정이 아니었다고, 그저 모든 일의 피해자일 뿐이라고, 운이 안 좋은 사람 중 하나였다고, 규선을 만나 다 털어놓고 오려던 참이었다.

규선의 회사 앞에서 기다렸다. 가은이 기다리는 걸 알면서도 규선은 서둘러 퇴근하지 않았다. 혼자서 얼마나 기다렸을까. 규선이 오늘은 안 되겠다고 전화를 해왔다. 목소리가 좋지 않았다. 회사에서 무슨 일이 있어도 가은에게 미주알고주알 털어놓는 사람이 아니었다. 좋은 일만 말해주는 사람이었다. 그래서 별일이 아니겠거니 했다. 기분이 좀 나아지면 그때 기회를 봐서 다시 얘기해야지 가볍게 생각하며 돌아오던 길이었다.

집 앞에 서 있는 남자가 진광이란 건 단번에 알아볼 수 있었다. 아주 많이 늙어버렸지만, 그는 분명 진광이었다. 태연한 척하려 했는데 몸이 말을 듣지 않았다. 눈치챘겠지? 알아본 거겠지? 왜 집 앞에 있는 거지? 다 알고 온 거겠지? 어디서 무슨 얘길 들은 걸까? 다시 시작되는 걸까? 가은은 예전처럼 몸을 웅크리지 않았다. 어깨를 펴고 주먹을 쥐었다. 천천히 고개를 돌렸다. 눈을 마주쳤다. 겁내지마. 겁낼 필요 없어. 예전의 진광이 아니야. 힘없고 늙은 남자잖아. 의자를 던지면 신고하면 돼. 바보처럼 당하고 있지만은 않을 거야. 나는 젊고 저 사람은 늙었어.

온몸에 힘이 바짝 들어갔다. 까치발을 들고 계단을 올랐다. 다 알고 왔다고 해도 아무것도 들키고 싶지 않았다. 알려주고 싶지 않았다. 숨소리도 죽인 채 집으로 들어와 불도 켜지 않고 구석에 웅크리고 앉았다. 불을 켜고 똑바로 서서 옷을 갈아입고 늦은 저녁을 먹고 텔레비전을 보고 싶었다.

네까짓 것 나한테 아무것도 아니라고. 아무 일도 없었던 것
처럼 당당하게 굴고 싶었는데 가은은 예전 그날처럼 구석에
숨어 몸을 떨고 있었다. 진광도 가은을 단번에 알아봤다. 가
은이 진광을 알아본 것처럼. 진광은 가은을 보고 반가워했
다. 어이없게도 그랬다. 진광은 틀림없이 다시 찾아올 것이
다. 올가미처럼 다시 목을 졸라맬 것이다.

엄마 도와줘. 나 어떻게 해야 해? 이젠 도망갈 데도 없는
데. 도와줄 사람도 없는데. 왜 나를 혼자 두고 먼저 가버린
거야? 그 대단한 모성으로 끝까지 지켰어야지. 엄마도 도망
간 거야? 나에게서. 지긋지긋한 모성을 감당하기 벅차서 그
렇게 빨리 가버린 거야?

규선에게 말해야겠다. 규선이 있으면 안전해질 거다. 어
차피 오늘 다 털어놓으려고 했으니까. 차라리 잘 되었다. 모
든 일을 한 번에 해결할 수 있을 거다. 과거를 자연스레 털
어놓을 수도 있다. 여기까지 쫓아온 진광을 보면 그럴 수밖
에 없었던 가은의 과거를 이해해 줄 것이다. 규선이라면 이
성적으로 잘 처리해줄 테다. 그런 사람이라 결혼까지 결심
한 거니까.

가은은 어두운 방 안에 숨어 이대로 시간이 멈추길 바랐
다. 해도 뜨지 않고 내일도 오지 않았으면. 다시 시간을 멈
추고 싶었다. 삼십 년을 숨어있었던 것처럼. 무섭다. 너무

무섭다. 이 방구석에서 한 발자국도 나갈 수가 없다. 이미 그렇게 되어버렸다. 도망가고 싶다. 다시 도망가고 싶다. 같이 도망가자고 말하면 들어줄까. 규선을 놓치고 싶지 않다. 저 남자가 죽을 때까지 같이 숨어있자고 말하면 규선이 들어줄까.

25.

　모두가 퇴근한 빈 사무실에 작은 스탠드 불 하나만 켜놓고 모니터 앞에 앉았다. 왜 검색해 볼 생각도 안 했을까. 가은의 이름을 입력하자마자 사십 년 전에 기록된 자료가 튀어나왔다. 계약자는 가은 본인이 아니었다. 사유도 정확하지 않았다. 삼십 년 뒤에 해동시키는 게 유일한 계약조건이었다. 지금처럼 관련법이 견고하지 않은 때라서 거창한 핑곗거리를 억지로 만들 필요도 없었다. 규선은 잉크가 남아있지 않은 빈 볼펜을 빙글빙글 돌리며 가은의 생년월일을 뚫어지게 쳐다보았다. 갑자기 가은이 낯설게 느껴졌다. 생년월일은 숫자에 불과한 걸 알지만 그래도 다른 사람 같았다.

　가은을 소개시켜준 건 적응훈련팀의 김 과장이었다. 어딘지 음흉해 보이게 웃는, 오지랖이 넓다는 게 유일한 흠인,

정이 많은 사람이었다. 그냥 잘 아는 여자인데 소개해주고 싶다고 둘이 어울릴 거 같다며 약속도 없이 퇴근하는 규선을 멋대로 끌고 가서 가은을 만나게 했다. 느낌이 나쁘지 않았다. 방어적으로 보이는 말투와 태도가 오히려 마음에 들었다. 그렇게 시작된 인연이었다. 왜 눈치채지 못했을까. 김 과장이 알고 지내는 대부분의 사람들이 냉동되었던 사람들이란 걸 알고 있었으면서도. 고의로 숨긴 거라고 생각하진 않는다. 김 과장은 냉동된 적 있는 사람들에 편견이 없는 몇 안 되는 직원 중 한 명이었으니까. 찾아가 따질 수도 없다. 김 과장은 오 년 전 냉동되었다. 뇌혈관에 염증이 생겼는데 치료도 수술도 불가했다. 염증은 예고도 없이 커질 거라고 했다. 폭탄을 껴안고 살거나 냉동이 되거나. 김 과장은 냉동이 되는 삶을 선택했다. 여행을 떠나는 사람 같았다. 운이 좋으면 또 만나겠지? 결혼식 사회는 내가 보려고 했는데 말이야. 김 과장은 음흉하게 웃으며 말했다. 끝까지 유쾌했던 사람이었다.

가은은 언제까지 숨길 작정이었을까. 가은의 입으로 직접 들었다면 좀 덜 괘씸했을까. 노력하는 중이다. 냉동되었던 인간에 대한 부정적인 시선은 그저 자기직업에 불만이 많은 직장인의 흔한 하소연 같은 거라고. 소수에 대한 혐오와는 차원이 다른 문제라고. 그러니까 이 분노는 시간이 지나면 가라앉을 거라고. 죄를 지은 것도 아니니까. 그저 냉동된 적이 있었던 것뿐이니까. 무슨 이유였을까. 왜 그런 선택을 했던 걸까. 머릿속이 온통 가은으로 가득 찼다. 규선이 알던 가은이 아닐지도 모른다. 무슨 짓을 저질렀는지 영원히 알지 못할 것이다. 규선은 가은의 입을 통해서만 가은의 과거를 들을 수 있을 테니까. 수십 년이 흘렀다. 사정이 있었던 거라고 믿는 수밖에 없다. 가은이 거짓을 보태지 않고 사실만을 들려줄까? 가은의 말을 믿을 수 없을지도 모른다. 평생 가슴에 의심을 품고서 가은을 바라볼 수도 있다. 그 말이 진실인지 아닌지는 아무도 알 수 없을 테니까.

아무나 냉동되는 세상이긴 하다. 별 이유도 없이 냉동되는 사람도 드물지만 존재한다. 8년을 만났다. 그 오랜 시간 동안 말하지 않은 건 숨겨야만 했던 이유가 있기 때문일 테다. 뭘까. 규선이 모른 척하면 끝까지 말하지 않을 작정일까. 끝까지 숨길 수 있는 일이 아닌데도. 규선이 아는 가은과 완전히 다른 사람이 아닐까. 허무맹랑한 상상은 아니었다. 그동안 얼마나 많이 봐왔던가. 비겁하고 악한 인간들을.

감출 게 많고 가진 것은 많은 사람들이 여기로 도망쳐왔다. 죽은 것도 산 것도 아닌 사람들은 처벌할 수 없다. 해동되기만을 기다리는 수밖에. 그사이 많은 일이 해결되기도 한다. 법망을 요리조리 잘 빠져나가는 사람들의 선택지 중 하나가 된 지 오래다. 그들은 냉동시설 안에 안전하게 숨어 있다가 잠잠해지면 세상 밖으로 나갔다. 아까운 인생을 허비할 필요도 없었다. 잠깐 멈추는 것뿐이니까.

가은이 먼저 말해주었으면 했다. 그래서 기다렸다. 결혼 전엔 말하겠지. 끝까지 속이진 않겠지. 독촉하지 말자. 티 내지도 말자. 착한 사람이니까. 8년 동안 봐왔으니까. 나쁜 사람은 아닐 거다. 무슨 이유가 있었을 거다. 어딘가 많이 아팠을 거다. 다시 기억하고 싶지 않게 고통스러웠을 거다. 입 밖으로 꺼내는 게 공포일만큼.

가은의 전화를 받고 곧장 나가려고 했다. 가은이 회사 앞에서 기다리고 있었다. 드디어 말을 하려나 보다. 끝까지 속일 작정은 아니었나 보다. 그런데 사무실 문을 열고 나갈 수가 없었다. 두려웠다. 가은의 눈을 마주 볼 자신이 없었다. 마음의 준비가 더 필요했다. 무슨 이야길 듣게 될지 모르니까. 용납 못 할 일을 저지르고 도망친 것일지도 모르니까. 다음에 만나자고 전화를 했다. 오늘은 안 되겠다고. 내일은 들을 수 있을 것 같았다. 딱 하루만 더 미루고 싶었다. 차라리 몰랐다면 더 좋았을까. 지금이라도 알게 되어서 다행인 걸까. 결혼을 그만두어야 하는 걸까.

규선은 잠시 망설이다 키보드 위에 손을 올렸다. 아는 사람들의 이름을 떠오르는 대로 하나하나 검색해보았다. 규선이 다니는 회사가 이 나라의 유일한 신체 냉동 관련 기업은 아니다. 몇 개의 덩치 큰 기업이 더 존재한다. 그만큼 덩치를 불리려면 얼마나 많은 사람들이 냉동 장치에 들어가야 했던 걸까. 어림짐작만 해왔다. 어리석게도 이 자리에서 근 십 년을 일해 오면서도 먼 사람들의 일이라고 단정했다. 그 수는 어마어마하겠지만 내 주변엔 없을 거라고. 아는 사람들의 파일이 하나둘 튀어나왔다. 가은처럼 냉동된 적이 있음을 한 번도 밝힌 적 없는 사람들이었다.

고리타분한 편견을 갖고 있었던 걸까. 이런 거, 귀를 뚫거나 타투를 새기는 것과 하나 다를 것 없는 선택의 문제였던 걸까. 가까운 사람들이 고민을 할 때 말리곤 했는데. 인생은 지속된다고. 달라지는 건 없다고. 규선이 틀렸던 걸까. 인생이 달라지기도 하는 걸까. 본인이 살아갈 시대를 스스로 선택하는 것이 가능한 시대에선 당연한 일인 걸까. 대체 소수는 어느 쪽인 걸까. 다수라고 믿는 쪽이 실은 소수였던 게 아닐까.

차규선.

규선은 자신의 이름을 천천히 입력했다. 이유는 모르겠다. 그냥 궁금했다. 어릴 적 기억이 거의 없다. 계단에서 굴렀다고 한다. 이마에 흉터가 선명하게 남았다. 충격 때문인지 그 전의 기억이 몽땅 날아가 버렸다. 깊이 생각해본 적이 없다.

부모님이 그렇게 말해주었고 그랬던 거구나 고개를 끄덕였을 뿐. 어린 시절을 잘 기억하는 사람도 많이 없으니까. 아마 정말로 계단에서 굴렀을 거다. 부모님이 거짓말했을 리 없잖아. 클릭 한 번이면 된다. 규선은 움켜쥔 손을 펼쳤다. 그냥 기억을 잃은 것뿐이다. 특별한 일이 있었던 건 아닐 거다. 부모님과의 나이 차이를 생각해봐도 그렇다. 그냥 확인해보는 것뿐이다. 가은의 자료를 찾아본 김에. 아는 사람들의 이름을 확인한 김에.

규선은 줄곧 생각했었다. 자신이 이상하리만큼 차갑고 곧은 성격을 갖게 된 이유가 무엇인지. 그저 낯을 많이 가린다고 생각했는데 그 정도가 가끔은 너무 지나치지 않나 스스로가 염려스러울 때도 많았다. 그럴 때마다 과거를 돌이켜보곤 했다. 유년기 시절에 어떤 계기가 있지 않았을까 하고. 어느 아이돌그룹 멤버의 아이처럼 냉동 장치 속에 규선을 버리곤 나 몰라라 했던 부모가 있었던 게 아닐까 하고. 부모님과 유난히 닮은 곳이 없었으니까. 외모부터 성격까지. 부모님은 그저 냉동 장치에 버려진 아이를 입양했던 건 아닐까 하고. 규선도 어렴풋이 기억하고 있지만, 의식적으로 잊으려 노력했던 건 아닐까 하고. 아이를 입양하겠다는 사람이 있을 경우엔 해동해도 좋다는 계약서 같은 게 존재했던 건 아닐까 하고.

규선은 피식 웃곤 검색창에서 자신의 이름을 한 자씩 지웠다. 별 이상한 사람들을 만나고 다니다 보니 상상력이 너무 풍부해졌다. 고개를 절레절레 저으며 외투를 챙겨 나왔다. 머릿속을 가은의 생각으로 다시 가득 채웠다. 쓸데없는 상상을 하는 것보단 그편이 더 나았다. 찬 공기를 마셔서 그런지 배신감이 좀 잦아들었다. 가은이 솔직하게 이유를 밝혀주면 아무 문제 없이 결혼할 수 있을 거다. 이미 아파트 계약도 마쳤다. 범죄를 저지르고 도망친 것만 아니라면 받아줄 수 있을 거 같다. 일상이 깨지는 건 딱 싫으니까. 변화는 귀찮으니까. 그냥 이대로가 좋다. 가은만큼 규선을 이해해주는 사람도 없으니까.

택시 안 라디오에서 아버지의 목소리가 흘러나왔다. 한평생 방송사의 보도국에서 일했던 아버지는 재작년 정년퇴직을 했다. 한동안 하릴없이 집에서 TV만 멍하니 보며 지루한 시간을 축내더니 얼마 전부터 운 좋게 후배가 제작하는 한 심야 라디오의 시사프로그램 진행을 맡게 되었다고 했다. 보도국에서 일할 당시에도 아버지가 TV에 나오는 걸 보거나 라디오로 목소리를 전하는 걸 들은 적이 별로 없었다. 규선은 아버지가 보도국에서 어떤 일을 하는지 항상 궁금했지만, 아버지는 한 번도 자신의 일에 대해 규선에게 말해준 적이 없었다. 퇴근이 늦은 날엔 늘 라디오에서 흘러나오는 아버지의 목소리를 들었다. 무뚝뚝한 아버지는 원래부터 규선을 살갑게 대해준 적이 없었고 규선이 취직을 하고 나서부터 더 데면데면해졌다. 인간을 냉동시키는 사업을 하는 기업 중에 가장 유명한 회사에 취직했지만, 아버지는 그런 규선을 오히려 못마땅하게 여겼다. 그딴 회사에 취직하려고 대학등록금을 내줬냐는 소리까지 들어야 했고 규선은 곧장 집을 나와 독립을 했다. 그때의 섭섭함이 아직 가슴에 맺혀있었다. 아버지도 규선에게 따로 연락을 해오지 않은지 꽤 오래되었다. 택시 안에서 늙어버린 아버지의 목소리를 듣고 있자니 괜히 가슴이 저미게 아파왔다. 이번 주말에는 좋아하는 갈비탕을 포장해서 집에 가볼까 하는 생각도 들었다. 아버지에게도 나름의 사정이 있었겠지 이해하고 싶었다.

"지금 좀 와줄 수 있어요?"

오피스텔 앞에 도착했을 때 가은에게서 전화가 왔다. 목소리가 많이 떨렸다. 울고 있는 것도 같았다.

"무슨 일이에요?"

"그냥 좀 와주면 안 돼요?"

8년 동안 한 번도 없었던 일이었다. 이렇게 늦은 시간에 전화를 걸어온 적도 없었고 갑자기 사람을 불러낸 적도 없었다.

"알았어요. 기다려요."

전화를 끊었다. 가은도 더 미루고 싶지 않은 거라고 생각했다. 오늘을 넘기고 싶지 않은 거라고. 각오는 사무실에서 나오던 순간 이미 마쳤다. 무슨 이야기든 들을 준비가 됐다. 냉동된다는 건 어쩌면 생각만큼 거창한 일이 아닐지도 모르겠다. 누구나 한 번쯤 겪을 수 있는 일일 수도 있다. 왜 갑자기 냉동되는 것에 대해 이토록 관대해진 건지 모르겠다. 평생을 함께할 가은 때문인 건지, 무의식 속에서 떠다니는 이십몇 년 전 그날이 떠올랐기 때문인 건지.

늦은 시간이라 그런지 도로가 휑했다. 건너편에 택시 한 대가 손님을 기다리며 서 있었다. 택시가 가버릴까 마음이 급했다. 빨리 가은을 만나고 싶었다. 보행자 신호가 파란불로 바뀌지 않았는데 그냥 길을 건넜다. 규정이라면 절대 어기는 법이 없었는데. 열람이 금지된 파일을 멋대로 열어본 김에 횡단보도도 그냥 건너기로 했다.

라이트를 켜지 않은 차가 달려오고 있다는 걸 눈치챘을 땐 이미 너무 늦은 후였다. 규선은 잠깐 멈춰 서서 암흑 속에서 빠르게 달려오는 자동차를 확인했다. 피할 새가 없었다. 너무 놀란 나머지 우스꽝스러우리만큼 이상한 포즈로 허둥대다 차에 부딪혀 저만치 날아갔다. 사람을 치고도 자동차는 질주를 멈추지 않았다. 바닥에 너부러진 규선을 향해 더욱 세게 달려갔다. 규선이 눈을 감았다.

아. 맞다. B-17903이 경고했었는데. 죽고 싶지 않으면 밤에 돌아다니지 말라고. 잠깐 머리가 복잡해서 잊고 있었다. 또 꿈이 맞았네. 이럴 거면 B-17903의 말대로 냉동이라도 될 걸 그랬나. 삼십 년쯤 숨어 있다가 나올 걸 그랬나. 그때쯤이면 복잡한 머리가 좀 가벼워질 수 있을까.

자동차 바퀴가 몸을 밟고 지나갔고 이내 숨 쉬는 걸 멈추었다. 규선은 차와 부딪히기 직전 운전석에 앉은 남자와 눈이 마주쳤다. 이를 꽉 물고 핸들에 상체를 바짝 붙인 남자의 얼굴을 보았다. 아는 얼굴이었다. 아버지의 간이식 문제로 찾아왔던 어린 남자. 하마터면 손을 흔들며 인사할 뻔했다. 손을 흔들 수 있었다면 흔들어주었을 것이다. 해주고 싶은 말이 남아있었다. 할 수 있다면 잠깐 유보하는 것도 나쁘지 않을 거라고 고쳐 말해줘야 하는데. 운이 좋으면 인생이 바뀌기도 한다고. 지금과 완전히 다른 상황 속에서 살아갈 수도 있는 거라고. 헛된 희망이라도 좀 가지면서 살아보라고. 그래도 되는 거라고. 망해버린 인생에도 행복의 가능성은 존재한다고.

작가의 말

'너 잠깐 냉동되지 않을래? 나중에 꼭 깨워줄게!'

삶이란 테두리에 갇혀 어찌할 바를 모를 때에 누군가 저렇게 말해온다면 혹할 것도 같습니다. '죽고 싶다'와 '살기 싫다'는 엄연히 다른 말이니까요. 죽고 싶진 않은데 살고 싶지도 않은 순간이 찾아오면 잠시 삶을 멈추고 싶어집니다.

어느 과학 잡지에서 냉동 인간에 관해 다룬 기사를 읽은 적 있습니다. 현재까지는 냉동된 신체를 해동시킨 사례가 없다는 데도 냉동되는 쪽을 택한 사람의 수가 꽤 많아서 충격이었습니다. 왜 그렇게까지 더 살고 싶은 건지 궁금해하다 보니 이런 소설을 쓰게 되었습니다. 냉동 인간이 되는 것으로 삶을 잠시 멈출 수 있다면 어느 절박한 순간엔 그런 선택을 할 수도 있지 않을까 싶기도 합니다.

사는 건 좀 지겨운 일이기도 하니까요.

내 작은 방에 갇힐 뻔한 소설에 손 내밀어 준 몽실북스 주연지 대표님, 망해버린 이번 생을 꼼꼼하게 보살펴준 박영심 편집자님에게 정말 감사하다는 말씀 전하고 싶습니다. 쓰는 사람보다 더 큰 역할을 하는 분들이 존재하기에 서점에 있는 그 많은 책들이 탄생할 수 있는 것 같습니다. 책을 만드는 모든 분들을 존경합니다.

세상을 다 녹일 만큼 따뜻한 이야기를 만들어내는 것이 목표입니다만, 이번에도 실패한 것 같습니다. 책에도 온기가 있다고 생각하는데 냉기만 가득 담은 소설을 세상에 내보내는 것 같아 마음에 걸립니다. 사람들의 마음을 따뜻하게 데워주고 싶어서 소설을 쓰기 시작했는데 아직 많이 부족한 모양입니다. 그럼에도 읽어주신 독자분들께 큰 감사를 드립니다. 얼어붙은 마음을 녹일만한 따뜻한 소설을 써보겠다는 무책임한 약속을 해봅니다.

삶을 이어가는 모든 사람들이 편안해졌으면 좋겠습니다.

이런저런 방법으로 끝을 빨리 당기지 않았으면 좋겠습니다.
언제고 끝은 오니까요. 반드시 끝은 있으니까요. 이번 생이
망했는지 아닌지는 끝까지 가봐야 알 수 있을 것 같습니다.
다 같이 끝을 향해 꾸역꾸역 걸어가 봤으면 좋겠습니다.

당신의 이번 생을 열렬히 응원합니다.

당신의 이번생을 응원하며, 정지혜

망해버린 이번 생을 애도하며

1판 1쇄 발행 2022년 2월 3일
1판 2쇄 발행 2022년 4월 8일

지은이 · 정지혜
발행인 · 주연지

편집인 · 석창진 **편집** · 박영심
디자인 · 김지영 **일러스트** · 백진연 이찬영
마케팅 · 허은정

펴낸곳 · 몽실북스 **출판등록** · 2015년 5월 20일(제2015 - 000025호)
주소 · 서울 관악구 난향7길52
전화 · 02-592-8969 **팩스** · 02-6008-8970
이메일 · mongsilbooks@naver.com
네이버 포스트 · post.naver.com/mongsilbooks_kr
인스타그램 · instagram.com/mongsilbooks

ISBN 979-11-89178-55-0 (03810)

●잘못된 책은 구입하신 서점에서 바꿔드립니다. ●책값은 뒤표지에 있습니다.

몽실북스에서는 작가님들의 원고를 기다리고 있습니다. 자신만의 이야기를 책으로 만들고
싶다 하시면 언제든지 mongsilbooks@naver.com으로 연락처와 함께 기획안을 보내주세
요. 몽실몽실하게 기대하며 기다리겠습니다.